„BÜCHER SIND WIE FALLSCHIRME.
SIE NÜTZEN UNS NICHTS, WENN
WIR SIE NICHT ÖFFNEN."

Gröls Verlag

Redaktionelle Hinweise und Impressum

Adressen

Verleger: Sophia Gröls, Im Borngrund 26, 61440 Oberursel

Externer Dienstleister für Distribution & Herstellung: BoD, In de Tarpen 42, 22848 Norderstedt

Unsere „Edition | Werke der Weltliteratur" hat den Anspruch, eine der größten und vollständigsten Sammlungen klassischer Literatur in deutscher Sprache zu sein. Nach und nach versammeln wir hier nicht nur die „üblichen Verdächtigen" von Goethe bis Schiller, sondern auch Kleinode der vergangenen Jahrhunderte, die – zu Unrecht – drohen, in Vergessenheit zu geraten. Wir kultivieren und kuratieren damit einen der wertvollsten Bereiche der abendländischen Kultur. Kleine Auswahl:

Francis Bacon • Neues Organon • **Balzac** • Glanz und Elend der Kurtisanen • **Joachim H. Campe** • Robinson der Jüngere • **Dante Alighieri** • Die Göttliche Komödie • **Daniel Defoe** • Robinson Crusoe • **Charles Dickens** • Oliver Twist • **Denis Diderot** • Jacques der Fatalist • **Fjodor Dostojewski** • Schuld und Sühne • **Arthur Conan Doyle** • Der Hund von Baskerville • **Marie von Ebner-Eschenbach** • Das Gemeindekind • **Elisabeth von Österreich** • Das Poetische Tagebuch • **Friedrich Engels** • Die Lage der arbeitenden Klasse • **Ludwig Feuerbach** • Das Wesen des Christentums • **Johann G. Fichte** • Reden an die deutsche Nation • **Fitzgerald** • Zärtlich ist die Nacht • **Flaubert** • Madame Bovary • **Gorch Fock** • Seefahrt ist not! • **Theodor Fontane** • Effi Briest • **Robert Musil** • Über die Dummheit • **Edgar Wallace** • Der Frosch mit der Maske • **Jakob Wassermann** • Der Fall Maurizius • **Oscar Wilde** • Das Bildnis des Dorian Grey • **Émile Zola** • Germinal • **Stefan Zweig** • Schachnovelle • **Hugo von Hofmannsthal** • Der Tor und der Tod • **Anton Tschechow** • Ein Heiratsantrag • **Arthur Schnitzler** • Reigen • **Friedrich Schiller** • Kabale und Liebe • **Nicolo Machiavelli** • Der Fürst • **Gotthold E. Lessing** • Nathan der Weise • **Augustinus** • Die Bekenntnisse des heiligen Augustinus • **Marcus Aurelius** • Selbstbetrachtungen • **Charles Baudelaire** • Die Blumen des Bösen • **Harriett Stowe** • Onkel Toms Hütte • **Walter Benjamin** • Deutsche Menschen • **Hugo Bettauer** • Die Stadt ohne Juden • **Lewis Caroll** • *und viele mehr....*

Sigmund Freud

Jenseits des Lustprinzips

Inhalt

Kapitel I

In der psychoanalytischen Theorie nehmen wir unbedenklich an, daß der Ablauf der seelischen Vorgänge automatisch durch das Lustprinzip reguliert wird, das heißt, wir glauben, daß er jedesmal durch eine unlustvolle Spannung angeregt wird und dann eine solche Richtung einschlägt, daß sein Endergebnis mit einer Herabsetzung dieser Spannung, also mit einer Vermeidung von Unlust oder Erzeugung von Lust zusammenfällt. Wenn wir die von uns studierten seelischen Prozesse mit Rücksicht auf diesen Ablauf betrachten, führen wir den ökonomischen Gesichtspunkt in unsere Arbeit ein. Wir meinen, eine Darstellung, die neben dem topischen und dem dynamischen Moment noch dies ökonomische zu würdigen versuche, sei die vollständigste, die wir uns derzeit vorstellen können, und verdiene es, durch den Namen einer *metapsychologischen* hervorgehoben zu werden.

Es hat dabei für uns kein Interesse zu untersuchen, inwieweit wir uns mit der Aufstellung des Lustprinzips einem bestimmten, historisch festgelegten, philosophischen System angenähert oder angeschlossen haben. Wir gelangen zu solchen spekulativen Annahmen bei dem Bemühen, von den Tatsachen der täglichen Beobachtung auf unserem Gebiete Beschreibung und Rechenschaft zu geben. Priorität und Originalität gehören nicht zu den Zielen, die der psychoanalytischen Arbeit gesetzt sind, und die Eindrücke, welche der Aufstellung dieses Prinzips zugrunde liegen, sind so augenfällig, daß es kaum möglich ist, sie zu übersehen. Dagegen würden wir uns gerne zur Dankbarkeit gegen eine philosophische oder psychologische Theorie bekennen, die uns zu sagen wüßte, was die Bedeutungen der für uns so imperativen Lust- und Unlustempfindungen sind. Leider wird uns hier nichts Brauchbares geboten. Es ist das dunkelste und unzugänglichste Gebiet des Seelenlebens, und wenn wir unmöglich vermeiden können, es zu berühren, so wird die lockerste Annahme darüber, meine ich, die beste sein. Wir haben uns entschlossen, Lust und Unlust mit der Quantität der im Seelenleben vorhandenen – und nicht irgendwie gebundenen – Erregung in Beziehung zu bringen, solcherart, daß Unlust einer Steigerung, Lust einer Verringerung dieser Quantität entspricht. Wir denken dabei nicht an ein einfaches Verhältnis zwischen der Stärke der Empfindungen und den Veränderungen, auf die sie bezogen werden; am wenigsten – nach allen Erfahrungen der Psychophysiologie – an direkte Proportionalität; wahrscheinlich ist das Maß der Verringerung oder Vermehrung in der Zeit das für die Empfindung entscheidende Moment. Das Experiment fände hier möglicherweise Zutritt, für uns Analytiker ist weiteres Eingehen in diese Probleme nicht geraten, solange nicht ganz bestimmte Beobachtungen uns leiten können.

Es kann uns aber nicht gleichgültig lassen, wenn wir finden, daß ein so tiefblickender Forscher wie G. Th. Fechner eine Auffassung von Lust und Unlust vertreten hat, welche im wesentlichen mit der zusammenfällt, die uns von der psychoanalytischen Arbeit aufgedrängt wird. Die Äußerung Fechners ist in seiner kleinen Schrift: *Einige Ideen zur Schöpfungs- und Entwicklungsgeschichte der Organismen*, 1873 (Abschnitt XI, Zusatz, S. 94), enthalten und lautet wie folgt: „Insofern bewußte Antriebe immer mit Lust oder Unlust in Beziehung stehen, kann auch Lust oder Unlust mit Stabilitäts- und Instabilitätsverhältnissen in psychophysischer Beziehung gedacht werden, und es läßt sich hierauf die anderwärts von mir näher zu entwickelnde Hypothese begründen, daß jede die Schwelle des Bewußtseins übersteigende psychophysische Bewegung nach Maßgabe mit Lust behaftet sei, als sie sich der vollen Stabilität über eine gewisse Grenze hinaus nähert, mit Unlust nach Maßgabe, als sie über eine gewisse Grenze davon abweicht, indes zwischen beiden, als qualitative Schwelle der Lust und Unlust zu bezeichnenden Grenzen eine gewisse Breite ästhetischer Indifferenz besteht ...“

Die Tatsachen, die uns veranlaßt haben, an die Herrschaft des Lustprinzips im Seelenleben zu glauben, finden auch ihren Ausdruck in der Annahme, daß es ein Bestreben des seelischen Apparates sei, die in ihm vorhandene Quantität von Erregung möglichst niedrig oder wenigstens konstant zu erhalten. Es ist dasselbe, nur in andere Fassung gebracht, denn wenn die Arbeit des seelischen Apparates dahin geht, die Erregungsquantität niedrig zu halten, so muß alles, was dieselbe zu steigern geeignet ist, als funktionswidrig, das heißt als unlustvoll empfunden werden. Das Lustprinzip leitet sich aus dem Konstanzprinzip ab; in Wirklichkeit wurde das Konstanzprinzip aus den Tatsachen erschlossen, die uns die Annahme des Lustprinzips aufnötigten. Bei eingehenderer Diskussion werden wir auch finden, daß dies von uns angenommene Bestreben des seelischen Apparates sich als spezieller Fall dem Fechnerschen Prinzip der *Tendenz zur Stabilität* unterordnet, zu dem er die Lust-Unlustempfindungen in Beziehung gebracht hat.

Dann müssen wir aber sagen, es sei eigentlich unrichtig, von einer Herrschaft des Lustprinzips über den Ablauf der seelischen Prozesse zu reden. Wenn eine solche bestände, müßte die übergroße Mehrheit unserer Seelenvorgänge von Lust begleitet sein oder zur Lust führen, während doch die allgemeinste Erfahrung dieser Folgerung energisch widerspricht. Es kann also nur so sein, daß eine starke Tendenz zum Lustprinzip in der Seele besteht, der sich aber gewisse andere Kräfte oder Verhältnisse widersetzen, so daß der Endausgang nicht immer der Lusttendenz entsprechen kann. Vergleiche die Bemerkung Fechners bei ähnlichem Anlasse (1873, 90): „Damit aber, daß die Tendenz zum Ziele noch nicht die Erreichung des Zieles bedeutet und das Ziel überhaupt nur in Approximationen erreichbar ist…" Wenn wir uns nun der Frage zuwenden, welche Umstände die Durchsetzung des Lustprinzips zu vereiteln vermögen, dann betreten wir wieder sicheren und bekannten Boden und können unsere analytischen Erfahrungen in reichem Ausmaße zur Beantwortung heranziehen.

Der erste Fall einer solchen Hemmung des Lustprinzips ist uns als ein gesetzmäßiger vertraut. Wir wissen, daß das Lustprinzip einer *primären* Arbeitsweise des seelischen Apparates eignet und daß es für die Selbstbehauptung des Organismus unter den Schwierigkeiten der Außenwelt so recht von Anfang an unbrauchbar, ja in hohem Grade gefährlich ist. Unter dem Einflusse der Selbsterhaltungstriebe des Ichs wird es vom *Realitätsprinzip* abgelöst, welches, ohne die Absicht endlicher Lustgewinnung aufzugeben, doch den Aufschub der Befriedigung, den Verzicht auf mancherlei Möglichkeiten einer solchen und die zeitweilige Duldung der Unlust auf dem langen Umwege zur Lust fordert und durchsetzt. Das Lustprinzip bleibt dann noch lange Zeit die Arbeitsweise der schwerer „erziehbaren" Sexualtriebe, und es kommt immer wieder vor, daß es, sei es von diesen letzteren aus, sei es im Ich selbst, das Realitätsprinzip zum Schaden des ganzen Organismus überwältigt.

Es ist indes unzweifelhaft, daß die Ablösung des Lustprinzips durch das Realitätsprinzip nur für einen geringen und nicht für den intensivsten Teil der Unlusterfahrungen verantwortlich gemacht werden kann. Eine andere, nicht weniger gesetzmäßige Quelle der Unlustentbindung ergibt sich aus den Konflikten und Spaltungen im seelischen Apparat, während das Ich seine Entwicklung zu höher zusammengesetzten Organisationen durchmacht. Fast alle Energie, die den Apparat erfüllt, stammt aus den mitgebrachten Triebregungen, aber diese werden nicht alle zu den gleichen Entwicklungsphasen zugelassen. Unterwegs geschieht es immer wieder, daß einzelne Triebe oder Triebanteile sich in ihren Zielen oder Ansprüchen als unverträglich mit den übrigen erweisen, die sich zu der umfassenden Einheit des Ichs zusammenschließen können. Sie werden dann von dieser Einheit durch den Prozeß der Verdrängung abgespalten, auf niedrigeren Stufen der psychischen Entwicklung zurückgehalten und zunächst von der Möglichkeit einer Befriedigung abgeschnitten. Gelingt es ihnen dann, was bei den verdrängten Sexualtrieben so leicht geschieht, sich auf Umwegen zu einer direkten oder Ersatzbefriedigung durchzuringen, so wird dieser Erfolg, der sonst eine Lustmöglichkeit gewesen wäre, vom Ich als Unlust empfunden. Infolge des alten, in die Verdrängung auslaufenden Konfliktes hat das Lustprinzip einen neuerlichen Durchbruch erfahren, gerade während gewisse Triebe am Werke waren, in Befolgung des Prinzips neue Lust zu gewinnen. Die Einzelheiten des Vorganges, durch welchen die Verdrängung eine Lustmöglichkeit in eine Unlustquelle verwandelt, sind noch nicht gut verstanden oder nicht klar darstellbar, aber sicherlich ist alle neurotische Unlust von solcher Art, ist Lust, die nicht als solche empfunden werden kann.

Die beiden hier angezeigten Quellen der Unlust decken noch lange nicht die Mehrzahl unserer Unlusterlebnisse, aber vom Rest wird man mit einem Anschein von gutem Recht behaupten, daß sein Vorhandensein der Herrschaft des Lustprinzips nicht widerspricht. Die meiste Unlust, die wir verspüren, ist ja Wahrnehmungsunlust, entweder Wahrnehmung des Drängens unbefriedigter Triebe oder äußere Wahrnehmung, sei es, daß diese an sich peinlich ist oder daß sie unlustvolle Erwartungen im seelischen Apparat erregt, von ihm als „Gefahr" erkannt wird. Die Reaktion auf diese Triebansprüche und Gefahrdrohungen, in der sich die eigentliche Tätigkeit des seelischen Apparates äußert, kann dann in korrekter Weise vom Lustprinzip oder dem es modifizierenden Realitätsprinzip geleitet werden. Somit scheint es nicht notwendig, eine weitergehende Einschränkung des Lustprinzips anzuerkennen, und doch kann gerade die Untersuchung der seelischen Reaktion auf die äußerliche Gefahr neuen Stoff und neue Fragestellungen zu dem hier behandelten Problem liefern.

Kapitel II

Nach schweren mechanischen Erschütterungen, Eisenbahnzusammenstößen und anderen, mit Lebensgefahr verbundenen Unfällen ist seit langem ein Zustand beschrieben worden, dem dann der Name „traumatische Neurose" verblieben ist. Der schreckliche, eben jetzt abgelaufene Krieg hat eine große Anzahl solcher Erkrankungen entstehen lassen und wenigstens der Versuchung ein Ende gesetzt, sie auf organische Schädigung des Nervensystems durch Einwirkung mechanischer Gewalt zurückzuführen. Das Zustandsbild der traumatischen Neurose nähert sich der Hysterie durch seinen Reichtum an ähnlichen motorischen Symptomen, übertrifft diese aber in der Regel durch die stark ausgebildeten Anzeichen subjektiven Leidens, etwa wie bei einer Hypochondrie oder Melancholie, und durch die Beweise einer weit umfassenderen allgemeinen Schwächung und Zerrüttung der seelischen Leistungen. Ein volles Verständnis ist bisher weder für die Kriegsneurosen noch für die traumatischen Neurosen des Friedens erzielt worden. Bei den Kriegsneurosen wirkte es einerseits aufklärend, aber doch wiederum verwirrend, daß dasselbe Krankheitsbild gelegentlich ohne Mithilfe einer groben mechanischen Gewalt zustande kam; an der gemeinen traumatischen Neurose heben sich zwei Züge hervor, an welche die Überlegung anknüpfen konnte, erstens, daß das Hauptgewicht der Verursachung auf das Moment der Überraschung, auf den Schreck, zu fallen schien, und zweitens, daß eine gleichzeitig erlittene Verletzung oder Wunde zumeist der Entstehung der Neurose entgegenwirkte. Schreck, Furcht, Angst werden mit Unrecht wie synonyme Ausdrücke gebraucht; sie lassen sich in ihrer Beziehung zur Gefahr gut auseinanderhalten. Angst bezeichnet einen gewissen Zustand wie Erwartung der Gefahr und Vorbereitung auf dieselbe, mag sie auch eine unbekannte sein; Furcht verlangt ein bestimmtes Objekt, vor dem man sich fürchtet; Schreck aber benennt den Zustand, in den man gerät, wenn man in Gefahr kommt, ohne auf sie vorbereitet zu sein, betont das Moment der Überraschung. Ich glaube nicht, daß die Angst eine traumatische Neurose erzeugen kann; an der Angst ist etwas, was gegen den Schreck und also auch gegen die Schreckneurose schützt. Wir werden auf diesen Satz später zurückkommen.

Das Studium des Traumes dürfen wir als den zuverlässigsten Weg zur Erforschung der seelischen Tiefenvorgänge betrachten. Nun zeigt das Traumleben der traumatischen Neurose den Charakter, daß es den Kranken immer wieder in die Situation seines Unfalles zurückführt, aus der er mit neuem Schrecken erwacht. Darüber verwundert man sich viel zuwenig. Man meint, es sei eben ein Beweis für die Stärke des Eindruckes, den das traumatische Erlebnis gemacht hat, daß es sich dem Kranken sogar im Schlaf immer wieder aufdrängt. Der Kranke sei an das Trauma sozusagen psychisch fixiert. Solche Fixierungen an das Erlebnis, welches die Erkrankung ausgelöst hat, sind uns seit langem bei der Hysterie bekannt. Breuer und Freud äußerten 1893: Die Hysterischen leiden großenteils an Reminiszenzen. Auch bei den Kriegsneurosen haben Beobachter wie Ferenczi und Simmel manche motorische Symptome durch Fixierung an den Moment des Traumas erklären können.

Allein es ist mir nicht bekannt, daß die an traumatischer Neurose Krankenden sich im Wachleben viel mit der Erinnerung an ihren Unfall beschäftigen. Vielleicht bemühen sie sich eher, nicht an ihn zu denken. Wenn man es als selbstverständlich hinnimmt, daß der nächtliche Traum sie wieder in die krankmachende Situation versetzt, so verkennt man die Natur des Traumes. Dieser würde es eher entsprechen, dem Kranken Bilder aus der Zeit der Gesundheit oder der erhofften Genesung vorzuführen. Sollen wir durch die Träume der Unfallsneurotiker nicht an der wunscherfüllenden Tendenz des Traumes irre werden, so bleibt uns etwa noch die Auskunft, bei diesem Zustand sei wie so vieles andere auch die Traumfunktion erschüttert und von ihren Absichten abgelenkt worden, oder wir müßten der rätselhaften masochistischen Tendenzen des Ichs gedenken.

Ich mache nun den Vorschlag, das dunkle und düstere Thema der traumatischen Neurose zu verlassen und die Arbeitsweise des seelischen Apparates an einer seiner frühzeitigsten normalen Betätigungen zu studieren. Ich meine das Kinderspiel.

Die verschiedenen Theorien des Kinderspieles sind erst kürzlich von S. Pfeifer in der *Imago* (V/4) zusammengestellt und analytisch gewürdigt worden; ich kann hier auf diese Arbeit verweisen. Diese Theorien bemühen sich, die Motive des Spielens der Kinder zu erraten, ohne daß dabei der ökonomische Gesichtspunkt, die Rücksicht auf Lustgewinn, in den Vordergrund gerückt würde. Ich habe, ohne das Ganze dieser Erscheinungen umfassen zu wollen, eine Gelegenheit ausgenützt, die sich mir bot, um das erste selbstgeschaffene Spiel eines Knaben im Alter von 1½ Jahren aufzuklären. Es war mehr als eine flüchtige Beobachtung, denn ich lebte durch einige Wochen mit dem Kinde und dessen Eltern unter einem Dach, und es dauerte ziemlich lange, bis das rätselhafte und andauernd wiederholte Tun mir seinen Sinn verriet.

Das Kind war in seiner intellektuellen Entwicklung keineswegs voreilig, es sprach mit 1½ Jahren erst wenige verständliche Worte und verfügte außerdem über mehrere bedeutungsvolle Laute, die von der Umgebung verstanden wurden. Aber es war in gutem Rapport mit den Eltern und dem einzigen Dienstmädchen und wurde wegen seines „anständigen" Charakters gelobt. Es störte die Eltern nicht zur Nachtzeit, befolgte gewissenhaft die Verbote, manche Gegenstände zu berühren und in gewisse Räume zu gehen, und vor allem anderen, es weinte nie, wenn die Mutter es für Stunden verließ, obwohl es dieser Mutter zärtlich anhing, die das Kind nicht nur selbst genährt, sondern auch ohne jede fremde Beihilfe gepflegt und betreut hatte. Dieses brave Kind zeigte nun die gelegentlich störende Gewohnheit, alle kleinen Gegenstände, deren es habhaft wurde, weit weg von sich in eine Zimmerecke, unter ein Bett usw. zu schleudern, so daß das Zusammensuchen seines Spielzeuges oft keine leichte Arbeit war. Dabei brachte es mit dem Ausdruck von Interesse und Befriedigung ein lautes, langgezogenes o–o–o–o hervor, das nach dem übereinstimmenden Urteil der Mutter und des Beobachters keine Interjektion war, sondern „fort" bedeutete. Ich merkte endlich, daß das ein Spiel sei und daß das Kind alle seine Spielsachen nur dazu benütze, mit ihnen „fortsein" zu spielen. Eines Tages machte ich dann die Beobachtung, die meine Auffassung bestätigte. Das Kind hatte eine Holzspule, die mit einem Bindfaden umwickelt war. Es fiel ihm nie ein, sie zum Beispiel am Boden hinter sich herzuziehen, also Wagen mit ihr zu spielen, sondern es warf die am Faden gehaltene Spule mit großem Geschick über den Rand seines verhängten Bettchens, so daß sie darin verschwand, sagte dazu sein bedeutungsvolles o–o–o–o und zog dann die Spule am Faden wieder aus dem Bett heraus, begrüßte aber deren Erscheinen jetzt mit einem freudigen „Da". Das war also das komplette Spiel, Verschwinden und Wiederkommen, wovon man zumeist nur den ersten Akt zu sehen bekam, und dieser wurde für sich allein unermüdlich als Spiel wiederholt, obwohl die größere Lust unzweifelhaft dem zweiten Akt anhing.

Die Deutung des Spieles lag dann nahe. Es war im Zusammenhang mit der großen kulturellen Leistung des Kindes, mit dem von ihm zustande gebrachten Triebverzicht (Verzicht auf Triebbefriedigung), das Fortgehen der Mutter ohne Sträuben zu gestatten. Es entschädigte sich gleichsam dafür, indem es dasselbe Verschwinden und Wiederkommen mit den ihm erreichbaren Gegenständen selbst in Szene setzte. Für die affektive Einschätzung dieses Spieles ist es natürlich gleichgültig, ob das Kind es selbst erfunden oder sich infolge einer Anregung zu eigen gemacht hatte. Unser Interesse wird sich einem anderen Punkte zuwenden. Das Fortgehen der Mutter kann dem Kinde unmöglich angenehm oder auch nur gleichgültig gewesen sein. Wie stimmt es also zum Lustprinzip, daß es dieses ihm peinliche Erlebnis als Spiel wiederholt? Man wird vielleicht antworten wollen, das Fortgehen müßte als Vorbedingung des erfreulichen Wiedererscheinens gespielt werden, im letzteren sei die eigentliche Spielabsicht gelegen. Dem würde die Beobachtung widersprechen, daß der erste Akt, das

Fortgehen, für sich allein als Spiel inszeniert wurde, und zwar ungleich häufiger als das zum lustvollen Ende fortgeführte Ganze.

Die Analyse eines solchen einzelnen Falles ergibt keine sichere Entscheidung; bei unbefangener Betrachtung gewinnt man den Eindruck, daß das Kind das Erlebnis aus einem anderen Motiv zum Spiel gemacht hat. Es war dabei passiv, wurde vom Erlebnis betroffen und bringt sich nun in eine aktive Rolle, indem es dasselbe, trotzdem es unlustvoll war, als Spiel wiederholt. Dieses Bestreben könnte man einem Bemächtigungstrieb zurechnen, der sich davon unabhängig macht, ob die Erinnerung an sich lustvoll war oder nicht. Man kann aber auch eine andere Deutung versuchen. Das Wegwerfen des Gegenstandes, so daß er fort ist, könnte die Befriedigung eines im Leben unterdrückten Racheimpulses gegen die Mutter sein, weil sie vom Kinde fortgegangen ist, und dann die trotzige Bedeutung haben: „Ja, geh' nur fort, ich brauch' dich nicht, ich schick' dich selber weg." Dasselbe Kind, das ich mit 1½ Jahren bei seinem ersten Spiel beobachtete, pflegte ein Jahr später ein Spielzeug, über das es sich geärgert hatte, auf den Boden zu werfen und dabei zu sagen: „Geh' in K(r)ieg!" Man hatte ihm damals erzählt, der abwesende Vater befinde sich im Krieg, und es vermißte den Vater gar nicht, sondern gab die deutlichsten Anzeichen von sich, daß es im Alleinbesitz der Mutter nicht gestört werden wolle. Man gerät so in Zweifel, ob der Drang, etwas Eindrucksvolles psychisch zu verarbeiten, sich seiner voll zu bemächtigen, sich primär und unabhängig vom Lustprinzip äußern kann. Im hier diskutierten Falle könnte er einen unangenehmen Eindruck doch nur darum im Spiel wiederholen, weil mit dieser Wiederholung ein andersartiger, aber direkter Lustgewinn verbunden ist.

Auch die weitere Verfolgung des Kinderspieles hilft diesem unserem Schwanken zwischen zwei Auffassungen nicht ab. Man sieht, daß die Kinder alles im Spiele wiederholen, was ihnen im Leben großen Eindruck gemacht hat, daß sie dabei die Stärke des Eindruckes abreagieren und sich sozusagen zu Herren der Situation machen. Aber anderseits ist es klar genug, daß all ihr Spielen unter dem Einflusse des Wunsches steht, der diese ihre Zeit dominiert, des Wunsches: groß zu sein und so tun zu können wie die Großen. Man macht auch die Beobachtung, daß der Unlustcharakter des Erlebnisses es nicht immer für das Spiel unbrauchbar macht. Wenn der Doktor dem Kinde in den Hals geschaut oder eine kleine Operation an ihm ausgeführt hat, so wird dies erschreckende Erlebnis ganz gewiß zum Inhalt des nächsten Spieles werden, aber der Lustgewinn aus anderer Quelle ist dabei nicht zu übersehen. Indem das Kind aus der Passivität des Erlebens in die Aktivität des Spielens übergeht, fügt es einem Spielgefährten das Unangenehme zu, das ihm selbst widerfahren war, und rächt sich so an der Person dieses Stellvertreters.

Aus diesen Erörterungen geht immerhin hervor, daß die Annahme eines besonderen Nachahmungstriebes als Motiv des Spielens überflüssig ist. Schließen wir noch die Mahnungen an, daß das künstlerische Spielen und Nachahmen der Erwachsenen, das zum Unterschied vom Verhalten des Kindes auf die Person des

Zuschauers zielt, diesem die schmerzlichsten Eindrücke zum Beispiel in der Tragödie nicht erspart und doch von ihm als hoher Genuß empfunden werden kann. Wir werden so davon überzeugt, daß es auch unter der Herrschaft des Lustprinzips Mittel und Wege genug gibt, um das an sich Unlustvolle zum Gegenstand der Erinnerung und seelischen Bearbeitung zu machen. Mag sich mit diesen, in endlichen Lustgewinn auslaufenden Fällen und Situationen eine ökonomisch gerichtete Ästhetik befassen; für unsere Absichten leisten sie nichts, denn sie setzen Existenz und Herrschaft des Lustprinzips voraus und zeugen nicht für die Wirksamkeit von Tendenzen jenseits des Lustprinzips, das heißt solcher, die ursprünglicher als dies und von ihm unabhängig wären.

Kapitel III

Fünfundzwanzig Jahre intensiver Arbeit haben es mit sich gebracht, daß die nächsten Ziele der psychoanalytischen Technik heute ganz andere sind als zu Anfang. Zuerst konnte der analysierende Arzt nichts anderes anstreben, als das dem Kranken verborgene Unbewußte zu erraten, zusammenzusetzen und zur rechten Zeit mitzuteilen. Die Psychoanalyse war vor allem eine Deutungskunst. Da die therapeutische Aufgabe dadurch nicht gelöst war, trat sofort die nächste Absicht auf, den Kranken zur Bestätigung der Konstruktion durch seine eigene Erinnerung zu nötigen. Bei diesem Bemühen fiel das Hauptgewicht auf die Widerstände des Kranken; die Kunst war jetzt, diese baldigst aufzudecken, dem Kranken zu zeigen und ihn durch menschliche Beeinflussung (hier die Stelle für die als „Übertragung" wirkende Suggestion) zum Aufgeben der Widerstände zu bewegen.

Dann aber wurde es immer deutlicher, daß das gesteckte Ziel, die Bewußtwerdung des Unbewußten, auch auf diesem Wege nicht voll erreichbar ist. Der Kranke kann von dem in ihm Verdrängten nicht alles erinnern, vielleicht gerade das Wesentliche nicht, und erwirbt so keine Überzeugung von der Richtigkeit der ihm mitgeteilten Konstruktion. Er ist vielmehr genötigt, das Verdrängte als gegenwärtiges Erlebnis zu *wiederholen*, anstatt es, wie der Arzt es lieber sähe, als ein Stück der Vergangenheit zu *erinnern*. Diese mit unerwünschter Treue auftretende Reproduktion hat immer ein Stück des infantilen Sexuallebens, also des Ödipuskomplexes und seiner Ausläufer, zum Inhalt und spielt sich regelmäßig auf dem Gebiete der Übertragung, das heißt der Beziehung zum Arzt ab. Hat man es in der Behandlung so weit gebracht, so kann man sagen, die frühere Neurose sei nun durch eine frische Übertragungsneurose ersetzt. Der Arzt hat sich bemüht, den Bereich dieser Übertragungsneurose möglichst einzuschränken, möglichst viel in die Erinnerung zu drängen und möglichst wenig zur Wiederholung zuzulassen. Das Verhältnis, das sich zwischen Erinnerung und Reproduktion herstellt, ist für jeden Fall ein anderes. In der Regel kann der Arzt dem Analysierten diese Phase der Kur nicht ersparen; er muß ihn ein gewisses Stück seines vergessenen Lebens wiedererleben lassen und hat dafür zu sorgen, daß ein Maß von Überlegenheit erhalten bleibt, kraft dessen die anscheinende Realität doch immer wieder als Spiegelung einer vergessenen Vergangenheit erkannt wird. Gelingt dies, so ist die Überzeugung des Kranken und der von ihr abhängige therapeutische Erfolg gewonnen.

Um diesen „*Wiederholungszwang*", der sich während der psychoanalytischen Behandlung der Neurotiker äußert, begreiflicher zu finden, muß man sich vor allem von dem Irrtum frei machen, man habe es bei der Bekämpfung der Widerstände mit dem Widerstand des „Unbewußten" zu tun. Das Unbewußte, das heißt das „Verdrängte", leistet den Bemühungen der Kur überhaupt keinen Widerstand, es strebt ja selbst nichts anderes an, als gegen den auf ihm lastenden Druck zum Bewußtsein oder zur Abfuhr durch die reale Tat durchzudringen. Der Widerstand in der Kur geht von denselben höheren Schichten und Systemen des Seelenlebens aus, die seinerzeit die Verdrängung durchgeführt haben. Da aber die Motive der Widerstände, ja diese selbst erfahrungsgemäß in der Kur zunächst unbewußt sind, werden wir gemahnt, eine

Unzweckmäßigkeit unserer Ausdrucksweise zu verbessern. Wir entgehen der Unklarheit, wenn wir nicht das Bewußte und das Unbewußte, sondern das zusammenhängende *Ich* und das *Verdrängte* in Gegensatz zueinander bringen. Vieles am Ich ist sicherlich selbst unbewußt, gerade das, was man den Kern des Ichs nennen darf; nur einen geringen Teil davon decken wir mit dem Namen des *Vorbewußten*. Nach dieser Ersetzung einer bloß deskriptiven Ausdrucksweise durch eine systematische oder dynamische können wir sagen, der Widerstand der Analysierten gehe von ihrem Ich aus, und dann erfassen wir sofort, der Wiederholungszwang ist dem unbewußten Verdrängten zuzuschreiben. Er konnte sich wahrscheinlich nicht eher äußern, als bis die entgegenkommende Arbeit der Kur die Verdrängung gelockert hatte.

Es ist kein Zweifel, daß der Widerstand des bewußten und vorbewußten Ichs im Dienste des Lustprinzips steht, er will ja die Unlust ersparen, die durch das Freiwerden des Verdrängten erregt würde, und unsere

Bemühung geht dahin, solcher Unlust unter Berufung auf das Realitätsprinzip Zulassung zu erwirken. In welcher Beziehung zum Lustprinzip steht aber der Wiederholungszwang, die Kraftäußerung des Verdrängten? Es ist klar, daß das meiste, was der Wiederholungszwang wiedererleben läßt, dem Ich Unlust bringen muß, denn er fördert ja Leistungen verdrängter Triebregungen zutage, aber das ist Unlust, die wir schon gewürdigt haben, die dem Lustprinzip nicht widerspricht, Unlust für das eine System und gleichzeitig Befriedigung für das andere. Die neue und merkwürdige Tatsache aber, die wir jetzt zu beschreiben haben, ist, daß der Wiederholungszwang auch solche Erlebnisse der Vergangenheit wiederbringt, die keine Lustmöglichkeit enthalten, die auch damals nicht Befriedigungen, selbst nicht von seither verdrängten Triebregungen, gewesen sein können.

Die Frühblüte des infantilen Sexuallebens war infolge der Unverträglichkeit ihrer Wünsche mit der Realität und der Unzulänglichkeit der kindlichen Entwicklungsstufe zum Untergang bestimmt. Sie ging bei den peinlichsten Anlässen unter tief schmerzlichen Empfindungen zugrunde. Der Liebesverlust und das Mißlingen hinterließen eine dauernde Beeinträchtigung des Selbstgefühls als narzißtische Narbe, nach meinen Erfahrungen wie nach den Ausführungen Marcinowskis (1918) den stärksten Beitrag zu dem häufigen „Minderwertigkeitsgefühl" der Neurotiker. Die Sexualforschung, der durch die körperliche Entwicklung des Kindes Schranken gesetzt werden, brachte es zu keinem befriedigenden Abschluß; daher die spätere Klage: „Ich kann nichts fertigbringen, mir kann nichts gelingen." Die zärtliche Bindung, meist an den gegengeschlechtlichen Elternteil, erlag der Enttäuschung, dem vergeblichen Warten auf Befriedigung, der Eifersucht bei der Geburt eines neuen Kindes, die unzweideutig die Untreue des oder der Geliebten erwies; der eigene mit tragischem Ernst unternommene Versuch, selbst ein solches Kind zu schaffen, mißlang in beschämender Weise; die Abnahme der dem Kleinen gespendeten Zärtlichkeit, der gesteigerte Anspruch der Erziehung, ernste Worte und eine gelegentliche Bestrafung hatten endlich den ganzen Umfang der ihm zugefallenen *Verschmähung* enthüllt. Es gibt hier einige wenige Typen, die regelmäßig wiederkehren, wie der typischen Liebe dieser Kinderzeit ein Ende gesetzt wird.

Alle diese unerwünschten Anlässe und schmerzlichen Affektlagen werden nun vom Neurotiker in der Übertragung wiederholt und mit großem Geschick neu belebt. Sie streben den Abbruch der unvollendeten Kur an, sie wissen sich den Eindruck der Verschmähung wieder zu verschaffen, den Arzt zu harten Worten und kühlem Benehmen gegen sie zu nötigen, sie finden die geeigneten Objekte für ihre Eifersucht, sie ersetzen das heiß begehrte Kind der Urzeit durch den Vorsatz oder das Versprechen eines großen Geschenkes, das meist ebensowenig real wird wie jenes. Nichts von alledem konnte damals lustbringend sein; man sollte meinen, es müßte heute die geringere Unlust bringen, wenn es als Erinnerung oder in Träumen auftauchte, als wenn es sich zu neuem Erlebnis gestaltete. Es handelt sich natürlich um die Aktion von Trieben, die zur

Befriedigung führen sollten, allein die Erfahrung, daß sie anstatt dessen auch damals nur Unlust brachten, hat nichts gefruchtet. Sie wird trotzdem wiederholt; ein Zwang drängt dazu.

Dasselbe, was die Psychoanalyse an den Übertragungsphänomenen der Neurotiker aufzeigt, kann man auch im Leben nicht neurotischer Personen wiederfinden. Es macht bei diesen den Eindruck eines sie verfolgenden Schicksals, eines dämonischen Zuges in ihrem Erleben, und die Psychoanalyse hat vom Anfang an solches Schicksal für zum großen Teil selbstbereitet und durch frühinfantile Einflüsse determiniert gehalten. Der Zwang, der sich dabei äußert, ist vom Wiederholungszwang der Neurotiker nicht verschieden, wenngleich diese Personen niemals die Zeichen eines durch Symptombildung erledigten neurotischen Konflikts geboten haben. So kennt man Personen, bei denen jede menschliche Beziehung den gleichen Ausgang nimmt: Wohltäter, die von jedem ihrer Schützlinge nach einiger Zeit im Groll verlassen werden, so verschieden diese sonst auch sein mögen, denen also bestimmt scheint, alle Bitterkeit des Undankes auszukosten; Männer, bei denen jede Freundschaft den Ausgang nimmt, daß der Freund sie verrät; andere, die es unbestimmt oft in ihrem Leben wiederholen, eine andere Person zur großen Autorität für sich oder auch für die Öffentlichkeit zu erheben, und diese Autorität dann nach abgemessener Zeit selbst stürzen, um sie durch eine neue zu ersetzen; Liebende, bei denen jedes zärtliche Verhältnis zum Weibe dieselben Phasen durchmacht und zum gleichen Ende führt usw. Wir verwundern uns über diese „ewige Wiederkehr des Gleichen" nur wenig, wenn es sich um ein *aktives* Verhalten des Betreffenden handelt und wenn wir den sich gleichbleibenden Charakterzug seines Wesens auffinden, der sich in der Wiederholung der nämlichen Erlebnisse äußern muß. Weit stärker wirken jene Fälle auf uns, bei denen die Person etwas *passiv* zu erleben scheint, worauf ihr ein Einfluß nicht zusteht, während sie doch immer nur die Wiederholung desselben Schicksals erlebt. Man denke zum Beispiel an die Geschichte jener Frau, die dreimal nacheinander Männer heiratete, die nach kurzer Zeit erkrankten und von ihr zu Tode gepflegt werden mußten. Die ergreifendste poetische Darstellung eines solchen Schicksalszuges hat Tasso im romantischen Epos *Gerusalemme liberata* gegeben. Held Tankred hat unwissentlich die von ihm geliebte Clorinda getötet, als sie in der Rüstung eines feindlichen Ritters mit ihm kämpfte. Nach ihrem Begräbnis dringt er in den unheimlichen Zauberwald ein, der das Heer der Kreuzfahrer schreckt. Dort zerhaut er einen hohen Baum mit seinem Schwerte, aber aus der Wunde des Baumes strömt Blut, und die Stimme Clorindas, deren Seele in diesen Baum gebannt war, klagt ihn an, daß er wiederum die Geliebte geschädigt habe.

Angesichts solcher Beobachtungen aus dem Verhalten in der Übertragung und aus dem Schicksal der Menschen werden wir den Mut zur Annahme finden, daß es im Seelenleben wirklich einen Wiederholungszwang gibt, der sich über das Lustprinzip hinaussetzt. Wir werden auch jetzt geneigt sein, die Träume der Unfallsneurotiker und den Antrieb zum Spiel des Kindes auf diesen Zwang zu beziehen. Allerdings müssen wir uns sagen, daß wir die Wirkungen des Wiederholungszwanges nur in seltenen Fällen rein, ohne Mithilfe anderer Motive, erfassen können. Beim Kinderspiel haben wir bereits hervorgehoben, welche andere Deutungen seine Entstehung zuläßt. Wiederholungszwang und direkte lustvolle Triebbefriedigung scheinen sich dabei zu intimer Gemeinsamkeit zu verschränken. Die Phänomene der Übertragung stehen offenkundig im Dienste des Widerstandes von Seiten des auf der Verdrängung beharrenden Ichs; der Wiederholungszwang, den sich die Kur dienstbar machen wollte, wird gleichsam vom Ich, das am Lustprinzip festhalten will, auf seine Seite gezogen. An dem, was man den Schicksalszwang nennen könnte, scheint uns vieles durch die rationelle Erwägung verständlich, so daß man ein Bedürfnis nach der Aufstellung eines neuen geheimnisvollen Motivs nicht verspürt. Am unverdächtigsten ist vielleicht der Fall der Unfallsträume, aber bei näherer Überlegung muß man doch zugestehen, daß auch in den anderen Beispielen der Sachverhalt durch die Leistung der uns bekannten Motive nicht gedeckt wird. Es bleibt genug übrig, was die Annahme des Wiederholungszwanges rechtfertigt, und dieser erscheint uns ursprünglicher, elementarer, triebhafter als das von ihm zur Seite geschobene Lustprinzip. Wenn es aber einen solchen Wiederholungszwang im Seelischen gibt, so möchten wir gerne etwas darüber wissen, welcher Funktion er entspricht, unter welchen Bedingungen er hervortreten kann und in welcher Beziehung er zum Lustprinzip steht, dem wir doch bisher die Herrschaft über den Ablauf der Erregungsvorgänge im Seelenleben zugetraut haben.

Kapitel IV

Was nun folgt, ist Spekulation, oft weitausholende Spekulation, die ein jeder nach seiner besonderen Einstellung würdigen oder vernachlässigen wird. Im weiteren ein Versuch zur konsequenten Ausbeutung einer Idee, aus Neugierde, wohin dies führen wird.

Die psychoanalytische Spekulation knüpft an den bei der Untersuchung unbewußter Vorgänge empfangenen Eindruck an, daß das Bewußtsein nicht der allgemeinste Charakter der seelischen Vorgänge, sondern nur eine besondere Funktion derselben sein könne. In metapsychologischer Ausdrucksweise behauptet sie, das Bewußtsein sei die Leistung eines besonderen Systems, das sie *Bw* benennt. Da das Bewußtsein im wesentlichen Wahrnehmungen von Erregungen liefert, die aus der Außenwelt kommen, und Empfindungen von Lust und Unlust, die nur aus dem Innern des seelischen Apparates stammen können, kann dem System *W-Bw* eine räumliche Stellung zugewiesen werden. Es muß an der Grenze von außen und innen liegen, der Außenwelt zugekehrt sein und die anderen psychischen Systeme umhüllen. Wir bemerken dann, daß wir mit diesen Annahmen nichts Neues gewagt, sondern uns der lokalisierenden Hirnanatomie angeschlossen haben, welche den „Sitz" des

Bewußtseins in die Hirnrinde, in die äußerste, umhüllende Schicht des Zentralorgans verlegt. Die Hirnanatomie braucht sich keine Gedanken darüber zu machen, warum – anatomisch gesprochen – das Bewußtsein gerade an der Oberfläche des Gehirns untergebracht ist, anstatt wohlverwahrt irgendwo im innersten Innern desselben zu hausen. Vielleicht bringen wir es in der Ableitung einer solchen Lage für unser System *W-Bw* weiter.

Das Bewußtsein ist nicht die einzige Eigentümlichkeit, die wir den Vorgängen in diesem System zuschreiben. Wir stützen uns auf die Eindrücke unserer psychoanalytischen Erfahrung, wenn wir annehmen, daß alle Erregungsvorgänge in den anderen Systemen Dauerspuren als Grundlage des Gedächtnisses in diesen hinterlassen, Erinnerungsreste also, die nichts mit dem Bewußtwerden zu tun haben. Sie sind oft am stärksten und haltbarsten, wenn der sie zurücklassende Vorgang niemals zum Bewußtsein gekommen ist. Wir finden es aber beschwerlich zu glauben, daß solche Dauerspuren der Erregung auch im System *W-Bw* zustande kommen.

Sie würden die Eignung des Systems zur Aufnahme neuer Erregungen sehr bald einschränken, wenn sie immer bewußt blieben; im anderen Falle, wenn sie unbewußt würden, stellten sie uns vor die Aufgabe, die Existenz unbewußter Vorgänge in einem System zu erklären, dessen Funktionieren sonst vom Phänomen des Bewußtseins begleitet wird. Wir hätten sozusagen durch unsere Annahme, welche das Bewußtwerden in ein besonderes System verweist, nichts verändert und nichts gewonnen. Wenn dies auch keine absolut verbindliche Erwägung sein mag, so kann sie uns doch zur Vermutung bewegen, daß Bewußtwerden und Hinterlassung einer Gedächtnisspur für dasselbe System miteinander unverträglich sind. Wir würden so sagen können, im System *Bw* werde der Erregungsvorgang bewußt, hinterlasse aber keine Dauerspur; alle die Spuren desselben, auf welche sich die Erinnerung stützt, kämen bei der Fortpflanzung der Erregung auf die nächsten inneren Systeme in diesen zustande. In diesem Sinne ist auch das Schema entworfen, welches ich dem spekulativen Abschnitt meiner *Traumdeutung* 1900 eingefügt habe. Wenn man bedenkt, wie wenig wir aus anderen Quellen über die Entstehung des Bewußtseins wissen, wird man dem Satze, *das Bewußtsein entstehe an Stelle der Erinnerungsspur*, wenigstens die Bedeutung einer irgendwie bestimmten Behauptung einräumen müssen.

Das System *Bw* wäre also durch die Besonderheit ausgezeichnet, daß der Erregungsvorgang in ihm nicht wie in allen anderen psychischen Systemen eine dauernde Veränderung seiner Elemente hinterläßt, sondern gleichsam im Phänomen des Bewußtwerdens verpufft. Eine solche Abweichung von der allgemeinen Regel fordert eine Erklärung durch ein Moment, welches ausschließlich bei diesem einen System in Betracht kommt, und dies den anderen Systemen abzusprechende Moment könnte leicht die exponierte Lage des Systems *Bw* sein, sein unmittelbares Anstoßen an die Außenwelt.

Stellen wir uns den lebenden Organismus in seiner größtmöglichen Vereinfachung als undifferenziertes

Bläschen reizbarer Substanz vor; dann ist seine der Außenwelt zugekehrte Oberfläche durch ihre Lage selbst differenziert und dient als reizaufnehmendes Organ. Die Embryologie als Wiederholung der Entwicklungsgeschichte zeigt auch wirklich, daß das Zentralnervensystem aus dem Ektoderm hervorgeht, und die graue Hirnrinde ist noch immer ein Abkömmling der primitiven Oberfläche und könnte wesentliche Eigenschaften derselben durch Erbschaft übernommen haben. Es wäre dann leicht denkbar, daß durch unausgesetzten Anprall der äußeren Reize an die Oberfläche des Bläschens dessen Substanz bis in eine gewisse Tiefe dauernd verändert wird, so daß ihr Erregungsvorgang anders abläuft als in tieferen Schichten. Es bildete sich so eine Rinde, die endlich durch die Reizwirkung so durchgebrannt ist, daß sie der Reizaufnahme die günstigsten Verhältnisse entgegenbringt und einer weiteren Modifikation nicht fähig ist. Auf das System *Bw* übertragen, würde dies meinen, daß dessen Elemente keine Dauerveränderung beim Durchgang der Erregung mehr annehmen können, weil sie bereits aufs äußerste im Sinne dieser Wirkung modifiziert sind. Dann sind sie aber befähigt, das Bewußtsein entstehen zu lassen. Worin diese Modifikation der Substanz und des Erregungsvorganges in ihr besteht, darüber kann man sich mancherlei Vorstellungen machen, die sich derzeit der Prüfung entziehen. Man kann annehmen, die Erregung habe bei ihrem Fortgang von einem Element zum anderen einen Widerstand zu überwinden und diese Verringerung des Widerstandes setze eben die Dauerspur der Erregung (Bahnung); im System *Bw* bestünde also ein solcher Übergangswiderstand von einem Element zum anderen nicht mehr. Man kann mit dieser Vorstellung die Breuersche Unterscheidung von ruhender (gebundener) und frei beweglicher Besetzungsenergie in den Elementen der psychischen Systeme zusammenbringen; die Elemente des Systems *Bw* würden dann keine gebundene und nur frei abfuhrfähige Energie führen. Aber ich meine, vorläufig ist es besser, wenn man sich über diese Verhältnisse möglichst unbestimmt äußert. Immerhin hätten wir durch diese Spekulation die Entstehung des Bewußtseins in einen gewissen Zusammenhang mit der Lage des Systems *Bw* und den ihm zuzuschreibenden Besonderheiten des Erregungsvorganges verflochten.

An dem lebenden Bläschen mit seiner reizaufnehmenden Rindenschichte haben wir noch anderes zu erörtern. Dieses Stückchen lebender Substanz schwebt inmitten einer mit den stärksten Energien geladenen Außenwelt und würde von den Reizwirkungen derselben erschlagen werden, wenn es nicht mit einem *Reizschutz* versehen wäre. Es bekommt ihn dadurch, daß seine äußerste Oberfläche die dem Lebenden zukommende Struktur aufgibt, gewissermaßen anorganisch wird und nun als eine besondere Hülle oder Membran reizabhaltend wirkt, das heißt veranlaßt, daß die Energien der Außenwelt sich nun mit einem Bruchteil ihrer Intensität auf die nächsten, lebend gebliebenen Schichten fortsetzen können. Diese können nun hinter dem Reizschutz sich der Aufnahme der durchgelassenen Reizmengen widmen. Die Außenschicht hat aber durch ihr

Absterben alle tieferen vor dem gleichen Schicksal bewahrt, wenigstens so lange, bis nicht Reize von solcher Stärke herankommen, daß sie den Reizschutz durchbrechen. Für den lebenden Organismus ist der Reizschutz eine beinahe wichtigere Aufgabe als die Reizaufnahme; er ist mit einem eigenen Energievorrat ausgestattet und muß vor allem bestrebt sein, die besonderen Formen der Energieumsetzung, die in ihm spielen, vor dem gleichmachenden, also zerstörenden Einfluß der übergroßen, draußen arbeitenden Energien zu bewahren. Die Reizaufnahme dient vor allem der Absicht, Richtung und Art der äußeren Reize zu erfahren, und dazu muß es genügen, der Außenwelt kleine Proben zu entnehmen, sie in geringen Quantitäten zu verkosten. Bei den hochentwickelten Organismen hat sich die reizaufnehmende Rindenschicht des einstigen Bläschens längst in die Tiefe des Körperinnern zurückgezogen, aber Anteile von ihr sind an der Oberfläche unmittelbar unter dem allgemeinen Reizschutz zurückgelassen. Dies sind die Sinnesorgane, die im wesentlichen Einrichtungen zur

Aufnahme spezifischer Reizeinwirkungen enthalten, aber außerdem besondere Vorrichtungen zu neuerlichem Schutz gegen übergroße Reizmengen und zur Abhaltung unangemessener Reizarten. Es ist für sie charakteristisch, daß sie nur sehr geringe Quantitäten des äußeren Reizes verarbeiten, sie nehmen nur Stichproben der Außenwelt vor; vielleicht darf man sie Fühlern vergleichen, die sich an die Außenwelt herantasten und dann immer wieder von ihr zurückziehen.

Ich gestatte mir an dieser Stelle ein Thema flüchtig zu berühren, welches die gründlichste Behandlung verdienen würde. Der Kantsche Satz, daß Zeit und Raum notwendige Formen unseres Denkens sind, kann heute infolge gewisser psychoanalytischer Erkenntnisse einer Diskussion unterzogen werden. Wir haben erfahren, daß die unbewußten Seelenvorgänge an sich „zeitlos" sind. Das heißt zunächst, daß sie nicht zeitlich geordnet werden, daß die Zeit nichts an ihnen verändert, daß man die Zeitvorstellung nicht an sie heranbringen kann. Es sind dies negative Charaktere, die man sich nur durch Vergleichung mit den bewußten seelischen Prozessen deutlich machen kann. Unsere abstrakte Zeitvorstellung scheint vielmehr durchaus von der Arbeitsweise des Systems *W-Bw* hergeholt zu sein und einer Selbstwahrnehmung derselben zu entsprechen. Bei dieser Funktionsweise des Systems dürfte ein anderer Weg des Reizschutzes beschritten werden. Ich weiß, daß diese Behauptungen sehr dunkel klingen, muß mich aber auf solche Andeutungen beschränken.

Wir haben bisher ausgeführt, daß das lebende Bläschen mit einem Reizschutz gegen die Außenwelt ausgestattet ist. Vorhin hatten wir festgelegt, daß die nächste Rindenschicht desselben als Organ zur Reizaufnahme von außen differenziert sein muß. Diese empfindliche Rindenschicht, das spätere System *Bw*, empfängt aber auch Erregungen von innen her; die Stellung des Systems zwischen außen und innen und die Verschiedenheit der Bedingungen für die Einwirkung von der einen und der anderen Seite werden maßgebend für die Leistung des Systems und des ganzen seelischen Apparates. Gegen außen gibt es einen Reizschutz, die ankommenden Erregungsgrößen werden nur in verkleinertem Maßstab wirken; nach innen zu ist der Reizschutz unmöglich, die Erregungen der tieferen Schichten setzen sich direkt und in unverringertem Maße auf das System fort, indem gewisse Charaktere ihres Ablaufes die Reihe der Lust-Unlustempfindungen erzeugen. Allerdings werden die von innen kommenden Erregungen nach ihrer Intensität und nach anderen qualitativen Charakteren (eventuell nach ihrer Amplitude) der Arbeitsweise des Systems adäquater sein als die von der Außenwelt zuströmenden Reize. Aber zweierlei ist durch diese Verhältnisse entscheidend bestimmt, erstens die Prävalenz der Lust- und Unlustempfindungen, die ein Index für Vorgänge im Innern des Apparates sind, über alle äußeren Reize und zweitens eine Richtung des Verhaltens gegen solche innere Erregungen, welche allzu große Unlustvermehrung herbeiführen. Es wird sich die Neigung ergeben, sie so zu behandeln, als ob sie nicht von innen, sondern von außen her einwirkten, um die Abwehrmittel des Reizschutzes gegen sie in Anwendung bringen zu können. Dies ist die Herkunft der *Projektion*, der eine so große Rolle bei der Verursachung pathologischer Prozesse vorbehalten ist.

Ich habe den Eindruck, daß wir durch die letzten Überlegungen die Herrschaft des Lustprinzips unserem Verständnis angenähert haben; eine Aufklärung jener Fälle, die sich ihm widersetzen, haben wir aber nicht erreicht. Gehen wir darum einen Schritt weiter. Solche Erregungen von außen, die stark genug sind, den Reizschutz zu durchbrechen, heißen wir *traumatische*. Ich glaube, daß der Begriff des Traumas eine solche Beziehung auf eine sonst wirksame Reizabhaltung erfordert. Ein Vorkommnis wie das äußere Trauma wird gewiß eine großartige Störung im Energiebetrieb des Organismus hervorrufen und alle Abwehrmittel in Bewegung setzen. Aber das Lustprinzip ist dabei zunächst außer Kraft gesetzt. Die Überschwemmung des seelischen Apparates mit großen Reizmengen ist nicht mehr hintanzuhalten; es ergibt sich vielmehr eine andere Aufgabe, den Reiz zu bewältigen, die hereingebrochenen Reizmengen psychisch zu binden, um sie dann der Erledigung zuzuführen.

Wahrscheinlich ist die spezifische Unlust des körperlichen Schmerzes der Erfolg davon, daß der Reizschutz in beschränktem Umfange durchbrochen wurde. Von dieser Stelle der Peripherie strömen dann dem seelischen Zentralapparat kontinuierliche Erregungen zu, wie sie sonst nur aus dem Innern des Apparates kommen konnten. Und was können wir als die Reaktion des Seelenlebens auf diesen Einbruch erwarten? Von allen Seiten her wird die Besetzungsenergie aufgeboten, um in der Umgebung der Einbruchstelle entsprechend hohe Energiebesetzungen zu schaffen. Es wird eine großartige „Gegenbesetzung" hergestellt, zu deren Gunsten alle anderen psychischen Systeme verarmen, so daß eine ausgedehnte Lähmung oder Herabsetzung der sonstigen psychischen Leistung erfolgt. Wir suchen aus solchen Beispielen zu lernen, unsere metapsychologischen Vermutungen an solche Vorbilder anzulehnen. Wir ziehen also aus diesem

Verhalten den Schluß, daß ein selbst hochbesetztes System imstande ist, neu hinzukommende strömende Energie aufzunehmen, sie in ruhende Besetzung umzuwandeln, also sie psychisch zu „binden". Je höher die eigene ruhende Besetzung ist, desto größer wäre auch ihre bindende Kraft; umgekehrt also, je niedriger seine Besetzung ist, desto weniger wird das System für die Aufnahme zuströmender Energie befähigt sein, desto gewaltsamer müssen dann die Folgen eines solchen Durchbruches des Reizschutzes sein. Man wird gegen diese Auffassung nicht mit Recht einwenden, daß die Erhöhung der Besetzung um die Einbruchsteile sich weit einfacher aus der direkten Fortleitung der ankommenden Erregungsmengen erkläre. Wenn dem so wäre, so würde der seelische Apparat ja nur eine Vermehrung seiner Energiebesetzungen erfahren, und der lähmende Charakter des Schmerzes, die Verarmung aller anderen Systeme bliebe unaufgeklärt. Auch die sehr heftigen Abfuhrwirkungen des Schmerzes stören unsere Erklärung nicht, denn sie gehen reflektorisch vor sich, das heißt, sie erfolgen ohne Vermittlung des seelischen Apparats. Die Unbestimmtheit all unserer Erörterungen, die wir metapsychologische heißen, rührt natürlich daher, daß wir nichts über die Natur des Erregungsvorganges in den Elementen der psychischen Systeme wissen und uns zu keiner Annahme darüber berechtigt fühlen. So operieren wir also stets mit einem großen X, welches wir in jede neue Formel mit hinübernehmen. Daß dieser Vorgang sich mit quantitativ verschiedenen Energien vollzieht, ist eine leicht zulässige Forderung, daß er auch mehr als eine Qualität (zum Beispiel in der Art einer Amplitude) hat, mag uns wahrscheinlich sein; als neu haben wir die Aufstellung Breuers in Betracht gezogen, daß es sich um zweierlei Formen der Energieerfüllung handelt, so daß eine frei strömende, nach Abfuhr drängende, und eine ruhende Besetzung der psychischen Systeme (oder ihrer Elemente) zu unterscheiden ist. Vielleicht geben wir der Vermutung Raum, daß die „Bindung" der in den seelischen Apparat einströmenden Energie in einer Überführung aus dem frei strömenden in den ruhenden Zustand besteht.

Ich glaube, man darf den Versuch wagen, die gemeine traumatische Neurose als die Folge eines ausgiebigen Durchbruchs des Reizschutzes aufzufassen. Damit wäre die alte, naive Lehre vom Schock in ihre Rechte eingesetzt, anscheinend im Gegensatz zu einer späteren und psychologisch anspruchsvolleren, welche nicht der mechanischen Gewalteinwirkung, sondern dem Schreck und der Lebensbedrohung die ätiologische Bedeutung zuspricht. Allein diese Gegensätze sind nicht unversöhnlich, und die psychoanalytische Auffassung der traumatischen Neurose ist mit der rohesten Form der Schocktheorie nicht identisch. Versetzt letztere das Wesen des Schocks in die direkte Schädigung der molekularen Struktur oder selbst der histologischen Struktur der nervösen Elemente, so suchen wir dessen Wirkung aus der Durchbrechung des Reizschutzes für das Seelenorgan und aus den daraus sich ergebenden Aufgaben zu verstehen. Der Schreck behält seine Bedeutung auch für uns. Seine Bedingung ist das Fehlen der Angstbereitschaft, welche die Überbesetzung der den Reiz zunächst aufnehmenden

Systeme miteinschließt. Infolge dieser niedrigeren Besetzung sind die Systeme dann nicht gut imstande, die ankommenden Erregungsmengen zu binden, die Folgen der Durchbrechung des Reizschutzes stellen sich um so vieles leichter ein. Wir finden so, daß die Angstbereitschaft mit der Überbesetzung der aufnehmenden Systeme die letzte Linie des Reizschutzes darstellt. Für eine ganze Anzahl von Traumen mag der Unterschied zwischen den unvorbereiteten und den durch Überbesetzung vorbereiteten Systemen das für den Ausgang entscheidende Moment sein; von einer gewissen Stärke des Traumas an wird er wohl nicht mehr ins Gewicht fallen. Wenn die Träume der Unfallsneurotiker die Kranken so regelmäßig in die Situation des Unfalles zurückführen, so dienen sie damit allerdings nicht der Wunscherfüllung, deren halluzinatorische Herbeiführung ihnen unter der Herrschaft des Lustprinzips zur Funktion geworden ist. Aber wir dürfen annehmen, daß sie sich dadurch einer anderen Aufgabe zur Verfügung stellen, deren Lösung vorangehen muß, ehe das Lustprinzip seine Herrschaft beginnen kann. Diese Träume suchen die Reizbewältigung unter Angstentwicklung nachzuholen, deren Unterlassung die Ursache der traumatischen Neurose geworden ist. Sie geben uns so einen Ausblick auf eine Funktion des seelischen Apparats, welche, ohne dem Lustprinzip zu widersprechen, doch unabhängig von ihm ist und ursprünglicher scheint als die Absicht des Lustgewinns und der Unlustvermeidung.

Hier wäre also die Stelle, zuerst eine Ausnahme von dem Satze, der Traum ist eine Wunscherfüllung, zuzugestehen. Die Angstträume sind keine solche Ausnahme, wie ich wiederholt und eingehend gezeigt habe, auch die „Strafträume" nicht, denn diese setzen nur an die Stelle der verpönten Wunscherfüllung die dafür gebührende Strafe, sind also die Wunscherfüllung des auf den verworfenen Trieb reagierenden Schuldbewußtseins. Aber die obenerwähnten Träume der Unfallsneurotiker lassen sich nicht mehr unter den Gesichtspunkt der Wunscherfüllung bringen, und ebensowenig die in den Psychoanalysen vorfallenden

Träume, die uns die Erinnerung der psychischen Traumen der Kindheit wiederbringen. Sie gehorchen vielmehr dem Wiederholungszwang, der in der Analyse allerdings durch den von der „Suggestion" geförderten Wunsch, das Vergessene und Verdrängte heraufzubeschwören, unterstützt wird. So wäre also auch die Funktion des Traumes, Motive zur Unterbrechung des Schlafes durch Wunscherfüllung der störenden Regungen zu beseitigen, nicht seine ursprüngliche; er konnte sich ihrer erst bemächtigen, nachdem das gesamte Seelenleben die Herrschaft des Lustprinzips angenommen hatte. Gibt es ein „Jenseits des Lustprinzips", so ist es folgerichtig, auch für die wunscherfüllende Tendenz des Traumes eine Vorzeit zuzulassen. Damit wird seiner späteren Funktion nicht widersprochen. Nur erhebt sich, wenn diese Tendenz einmal durchbrochen ist, die weitere Frage: Sind solche Träume, welche im Interesse der psychischen Bindung traumatischer Eindrücke dem Wiederholungszwange folgen, nicht auch außerhalb der Analyse möglich? Dies ist durchaus zu bejahen.

Von den „Kriegsneurosen", soweit diese Bezeichnung mehr als die Beziehung zur Veranlassung des Leidens bedeutet, habe ich an anderer Stelle ausgeführt, daß sie sehr wohl traumatische Neurosen sein könnten, die durch einen Ichkonflikt erleichtert worden sind. Die Tatsache, daß eine gleichzeitige grobe Verletzung durch das Trauma die Chance für die Entstehung einer Neurose verringert, ist nicht mehr unverständlich, wenn man zweier von der psychoanalytischen Forschung betonter Verhältnisse gedenkt. Erstens, daß mechanische Erschütterung als eine der Quellen der Sexualerregung anerkannt werden muß, und zweitens, daß dem schmerzhaften und fieberhaften Kranksein während seiner Dauer ein mächtiger Einfluß auf die Verteilung der Libido zukommt. So würde also die mechanische Gewalt des Traumas das Quantum Sexualerregung frei machen, welches infolge der mangelnden Angstvorbereitung traumatisch wirkt, die gleichzeitige Körperverletzung würde aber durch die Anspruchnahme einer narzißtischen Überbesetzung des leidenden Organs den Überschuß an Erregung binden (s. ›Zur Einführung des Narzißmus‹). Es ist auch bekannt, aber für die Libidotheorie nicht genügend verwertet worden, daß so schwere Störungen in der Libidoverteilung wie die einer Melancholie durch eine interkurrente organische Erkrankung zeitweilig aufgehoben werden, ja, daß sogar der Zustand einer voll entwickelten Dementia praecox unter der nämlichen Bedingung einer vorübergehenden Rückbildung fähig ist.

Kapitel V

Der Mangel eines Reizschutzes für die reizaufnehmende Rindenschicht gegen Erregungen von innen her wird die Folge haben müssen, daß diese Reizübertragungen die größere ökonomische Bedeutung gewinnen und häufig zu ökonomischen Störungen Anlaß geben, die den traumatischen Neurosen gleichzustellen sind. Die ausgiebigsten Quellen solch innerer Erregung sind die sogenannten

Triebe des Organismus, die Repräsentanten aller aus dem Körperinnern stammenden, auf den seelischen Apparat übertragenen Kraftwirkungen, selbst das wichtigste wie das dunkelste Element der psychologischen Forschung.

Vielleicht finden wir die Annahme nicht zu gewagt, daß die von den Trieben ausgehenden Regungen nicht den Typus des gebundenen, sondern den des frei beweglichen, nach Abfuhr drängenden Nervenvorganges einhalten. Das Beste, was wir über diese Vorgänge wissen, rührt aus dem Studium der Traumarbeit her. Dabei fanden wir, daß die Prozesse in den unbewußten Systemen von denen in den (vor-)bewußten gründlich verschieden sind, daß im Unbewußten Besetzungen leicht vollständig übertragen, verschoben, verdichtet werden können, was nur fehlerhafte Resultate ergeben könnte, wenn es an vorbewußtem Material geschähe, und was darum auch die bekannten Sonderbarkeiten des manifesten Traums ergibt, nachdem die vorbewußten Tagesreste die Bearbeitung nach den Gesetzen des Unbewußten erfahren haben. Ich nannte die Art dieser Prozesse im Unbewußten den psychischen „Primärvorgang" zum Unterschied von dem für unser normales Wachleben gültigen Sekundärvorgang. Da die Triebregungen alle an den unbewußten Systemen angreifen, ist es kaum eine Neuerung zu sagen, daß sie dem Primärvorgang folgen, und anderseits gehört wenig dazu, um den psychischen Primärvorgang mit der frei beweglichen Besetzung, den Sekundärvorgang mit den Veränderungen an der gebundenen oder tonischen Besetzung Breuers zu identifizieren. Es wäre dann die Aufgabe der höheren Schichten des seelischen Apparates, die im Primärvorgang anlangende Erregung der Triebe zu binden. Das Mißglücken dieser Bindung würde eine der traumatischen Neurose analoge Störung hervorrufen; erst nach erfolgter Bindung könnte sich die Herrschaft des Lustprinzips (und seiner Modifikation zum Realitätsprinzip) ungehemmt durchsetzen. Bis dahin aber würde die andere Aufgabe des Seelenapparates, die Erregung zu bewältigen oder zu binden, voranstehen, zwar nicht im Gegensatz zum

Lustprinzip, aber unabhängig von ihm und zum Teil ohne Rücksicht auf dieses.

Die Äußerungen eines Wiederholungszwanges, die wir an den frühen Tätigkeiten des kindlichen Seelenlebens wie an den Erlebnissen der psychoanalytischen Kur beschrieben haben, zeigen im hohen Grade den triebhaften, und wo sie sich im Gegensatz zum Lustprinzip befinden, den dämonischen Charakter. Beim Kinderspiel glauben wir es zu begreifen, daß das Kind auch das unlustvolle Erlebnis darum wiederholt, weil es sich durch seine Aktivität eine weit gründlichere Bewältigung des starken Eindruckes erwirbt, als beim bloß passiven Erleben möglich war. Jede neuerliche Wiederholung scheint diese angestrebte Beherrschung zu verbessern, und auch bei lustvollen Erlebnissen kann sich das Kind an Wiederholungen nicht genug tun und wird unerbittlich auf der Identität des Eindruckes bestehen. Dieser Charakterzug ist dazu bestimmt, späterhin zu verschwinden. Ein zum zweitenmal angehörter Witz wird fast wirkungslos bleiben, eine Theateraufführung wird nie mehr zum zweitenmal den

Eindruck erreichen, den sie das erstemal hinterließ; ja, der Erwachsene wird schwer zu bewegen sein, ein Buch, das ihm sehr gefallen hat, sobald nochmals durchzulesen. Immer wird die Neuheit die Bedingung des Genusses sein. Das Kind aber wird nicht müde werden, vom Erwachsenen die Wiederholung eines ihm gezeigten oder mit ihm angestellten Spieles zu verlangen, bis dieser erschöpft es verweigert, und wenn man ihm eine schöne Geschichte erzählt hat, will es immer wieder die nämliche Geschichte anstatt einer neuen hören, besteht unerbittlich auf der Identität der Wiederholung und verbessert jede Abänderung, die sich der Erzähler zuschulden kommen läßt, mit der er sich vielleicht sogar ein neues Verdienst erwerben wollte". Dem Lustprinzip wird dabei nicht widersprochen; es ist sinnfällig, daß die Wiederholung, das Wiederfinden der Identität, selbst eine Lustquelle bedeutet. Beim Analysierten hingegen wird es klar, daß der Zwang, die Begebenheiten seiner infantilen Lebensperiode in der Übertragung zu wiederholen, sich in *jeder* Weise über das Lustprinzip hinaussetzt. Der

Kranke benimmt sich dabei völlig wie infantil und zeigt uns so, daß die verdrängten Erinnerungsspuren seiner urzeitlichen Erlebnisse nicht im gebundenen Zustande in ihm vorhanden, ja gewissermaßen des Sekundärvorganges nicht fähig sind. Dieser Ungebundenheit verdanken sie auch ihr Vermögen, durch Anheftung an die Tagesreste eine im Traum darzustellende Wunschphantasie zu bilden. Derselbe Wiederholungszwang tritt uns so oft als therapeutisches Hindernis entgegen, wenn wir zu Ende der Kur die völlige Ablösung vom Arzte durchsetzen wollen, und es ist anzunehmen, daß die dunkle Angst der mit der Analyse nicht Vertrauten, die sich scheuen, irgend etwas aufzuwecken, was man nach ihrer Meinung besser schlafen ließe, im Grunde das Auftreten dieses dämonischen Zwanges fürchtet.

Auf welche Art hängt aber das Triebhafte mit dem Zwang zur Wiederholung zusammen? Hier muß sich uns die Idee aufdrängen, daß wir einem allgemeinen, bisher nicht klar erkannten - oder wenigstens nicht ausdrücklich betonten - Charakter der Triebe, vielleicht alles organischen Lebens überhaupt, auf die Spur gekommen sind. *Ein Trieb wäre also ein dem belebten Organischen innewohnender Drang zur Wiederherstellung eines früheren Zustandes,* welchen dies Belebte unter dem Einflusse äußerer Störungskräfte aufgeben mußte, eine Art von organischer Elastizität, oder wenn man will, die Äußerung der Trägheit im organischen Leben.

Diese Auffassung des Triebes klingt befremdlich, denn wir haben uns daran gewöhnt, im Triebe das zur Veränderung und Entwicklung drängende Moment zu sehen, und sollen nun das gerade Gegenteil in ihm erkennen, den Ausdruck der *konservativen* Natur des Lebenden. Anderseits fallen uns sehr bald jene Beispiele aus dem Tierleben ein, welche die historische Bedingtheit der Triebe zu bestätigen scheinen. Wenn gewisse Fische um die Laichzeit beschwerliche Wanderungen unternehmen, um den Laich in bestimmten Gewässern, weit entfernt von ihren sonstigen Aufenthalten, abzulegen, so haben sie nach der Deutung vieler Biologen nur die früheren

Wohnstätten ihrer Art aufgesucht, die sie im Laufe der Zeit gegen andere vertauscht hatten. Dasselbe soll für die Wanderflüge der Zugvögel gelten, aber der Suche nach weiteren Beispielen enthebt uns bald die Mahnung, daß wir in den Phänomenen der Erblichkeit und in den Tatsachen der Embryologie die großartigsten Beweise für den organischen Wiederholungszwang haben. Wir sehen, der Keim eines lebenden Tieres ist genötigt, in seiner Entwicklung die Strukturen all der Formen, von denen das Tier abstammt – wenn auch in flüchtiger Abkürzung – zu wiederholen, anstatt auf dem kürzesten Wege zu seiner definitiven Gestaltung zu eilen, und können dies Verhalten nur zum geringsten Teile mechanisch erklären, dürfen die historische Erklärung nicht beiseite lassen. Und ebenso erstreckt sich weit in die Tierreihe hinauf ein Reproduktionsvermögen, welches ein verlorenes Organ durch die Neubildung eines ihm durchaus gleichen ersetzt.

Der naheliegende Einwand, es verhalte sich wohl so, daß es außer den konservativen Trieben, die zur

Wiederholung nötigen, auch andere gibt, die zur Neugestaltung und zum Fortschritt drängen, darf gewiß nicht unberücksichtigt bleiben; er soll auch späterhin in unsere Erwägungen einbezogen werden. Aber vorher mag es uns verlocken, die Annahme, daß alle Triebe Früheres wiederherstellen wollen, in ihre letzten Konsequenzen zu verfolgen. Mag, was dabei herauskommt, den Anschein des „Tiefsinnigen" erwecken oder an Mystisches anklingen, so wissen wir uns doch von dem Vorwurf frei, etwas Derartiges angestrebt zu haben. Wir suchen nüchterne Resultate der Forschung oder der auf sie gegründeten Überlegung, und unser Wunsch möchte diesen keinen anderen Charakter als den der Sicherheit verleihen.

Wenn also alle organischen Triebe konservativ, historisch erworben und auf Regression, Wiederherstellung von Früherem, gerichtet sind, so müssen wir die Erfolge der organischen Entwicklung auf die Rechnung äußerer, störender und ablenkender Einflüsse setzen. Das elementare Lebewesen würde sich von seinem Anfang an nicht haben ändern wollen, hätte unter sich gleichbleibenden Verhältnissen stets nur den nämlichen Lebenslauf wiederholt. Aber im letzten Grunde müßte es die Entwicklungsgeschichte unserer Erde und ihres Verhältnisses zur Sonne sein, die uns in der Entwicklung der Organismen ihren Abdruck hinterlassen hat. Die konservativen organischen Triebe haben jede dieser aufgezwungenen Abänderungen des Lebenslaufes aufgenommen und zur Wiederholung aufbewahrt und müssen so den täuschenden Eindruck von Kräften machen, die nach Veränderung und Fortschritt streben, während sie bloß ein altes Ziel auf alten und neuen Wegen zu erreichen trachten. Auch dieses Endziel alles organischen Strebens ließe sich angeben. Der konservativen Natur der Triebe widerspräche es, wenn das Ziel des Lebens ein noch nie zuvor erreichter Zustand wäre. Es muß vielmehr ein alter, ein Ausgangszustand sein, den das Lebende einmal verlassen hat und zu dem es über alle Umwege der Entwicklung zurückstrebt. Wenn wir es als ausnahmslose Erfahrung annehmen dürfen, daß alles Lebende aus *inneren* Gründen stirbt, ins Anorganische zurückkehrt, so können wir nur sagen: *Das Ziel alles Lebens ist der Tod*, und zurückgreifend: *Das Leblose war früher da als das Lebende.*

Irgend einmal wurden in unbelebter Materie durch eine noch ganz unvorstellbare Krafteinwirkung die Eigenschaften des Lebenden erweckt. Vielleicht war es ein Vorgang, vorbildlich ähnlich jenem anderen, der in einer gewissen Schicht der lebenden Materie später das Bewußtsein entstehen ließ. Die damals entstandene Spannung in dem vorhin unbelebten Stoff trachtete danach, sich abzugleichen; es war der erste Trieb gegeben, der, zum Leblosen zurückzukehren. Die damals lebende Substanz hatte das Sterben noch leicht, es war wahrscheinlich nur ein kurzer Lebensweg zu durchlaufen, dessen Richtung durch die chemische Struktur des jungen Lebens bestimmt war. Eine lange Zeit hindurch mag so die lebende Substanz immer wieder neu geschaffen worden und leicht gestorben sein, bis sich maßgebende äußere Einflüsse so änderten, daß sie die noch überlebende Substanz zu immer größeren Ablenkungen vom ursprünglichen Lebensweg und zu immer komplizierteren Umwegen bis zur Erreichung des Todeszieles nötigten. Diese Umwege zum Tode, von den konservativen Trieben getreulich festgehalten, böten uns heute das Bild der Lebenserscheinungen. Wenn man an der ausschließlich konservativen Natur der Triebe festhält, kann man zu anderen Vermutungen über Herkunft und Ziel des Lebens nicht gelangen.

Ebenso befremdend wie diese Folgerungen klingt dann, was sich für die großen Gruppen von Trieben ergibt, die wir hinter den Lebenserscheinungen der Organismen statuieren. Die Aufstellung der Selbsterhaltungstriebe, die wir jedem lebenden Wesen zugestehen, steht in merkwürdigem Gegensatz zur Voraussetzung, daß das gesamte Triebleben der Herbeiführung des Todes dient. Die theoretische Bedeutung der Selbsterhaltungs-, Macht- und Geltungstriebe schrumpft, in diesem Licht gesehen, ein; es sind Partialtriebe, dazu bestimmt, den eigenen Todesweg des Organismus zu sichern und andere Möglichkeiten der Rückkehr zum Anorganischen als die immanenten fernzuhalten, aber das rätselhafte, in keinen Zusammenhang einfügbare Bestreben des Organismus, sich aller Welt zum Trotz zu behaupten, entfällt. Es erübrigt, daß der Organismus nur auf seine Weise sterben will; auch diese Lebenswächter sind ursprünglich Trabanten des Todes gewesen. Dabei kommt das Paradoxe zustande, daß der lebende Organismus sich auf das energischeste gegen Einwirkungen (Gefahren) sträubt, die ihm dazu verhelfen könnten, sein Lebensziel auf kurzem Wege (durch Kurzschluß sozusagen) zu erreichen, aber dies Verhalten charakterisiert eben ein rein triebhaftes im Gegensatz zu einem intelligenten Streben.

Aber besinnen wir uns, dem kann nicht so sein! In ein ganz anderes Licht rücken die Sexualtriebe, für welche die Neurosenlehre eine Sonderstellung in Anspruch genommen hat. Nicht alle Organismen sind dem äußeren Zwang unterlegen, der sie zu immer weiter gehender Entwicklung antrieb. Vielen ist es gelungen, sich auf ihrer niedrigen Stufe bis auf die Gegenwart zu bewahren; es leben ja noch heute, wenn nicht alle, so doch viele Lebewesen, die den Vorstufen der höheren

Tiere und Pflanzen ähnlich sein müssen. Und ebenso machen nicht alle Elementarorganismen, welche den komplizierten Leib eines höheren Lebewesens zusammensetzen, den ganzen Entwicklungsweg bis zum natürlichen Tode mit. Einige unter ihnen, die Keimzellen, bewahren wahrscheinlich die ursprüngliche Struktur der lebenden Substanz und lösen sich, mit allen ererbten und neu erworbenen Triebanlagen beladen, nach einer gewissen Zeit vom ganzen Organismus ab. Vielleicht sind es gerade diese beiden Eigenschaften, die ihnen ihre selbständige Existenz ermöglichen. Unter günstige Bedingungen gebracht, beginnen sie sich zu entwickeln, das heißt das Spiel, dem sie ihre Entstehung verdanken, zu wiederholen, und dies endet damit, daß wieder ein Anteil ihrer Substanz die Entwicklung bis zum Ende fortführt, während ein anderer als neuer Keimrest von neuem auf den Anfang der Entwicklung zurückgreift. So arbeiten diese Keimzellen dem Sterben der lebenden Substanz entgegen und wissen für sie zu erringen, was uns als potentielle Unsterblichkeit erscheinen muß, wenngleich es vielleicht nur eine Verlängerung des Todesweges bedeutet. Im höchsten Grade bedeutungsvoll ist uns die Tatsache, daß die Keimzelle für diese Leistung durch die Verschmelzung mit einer anderen, ihr ähnlichen und doch von ihr verschiedenen, gekräftigt oder überhaupt erst befähigt wird.

Die Triebe, welche die Schicksale dieser das Einzelwesen überlebenden Elementarorganismen in acht nehmen, für ihre sichere Unterbringung sorgen, solange sie wehrlos gegen die Reize der Außenwelt sind, ihr Zusammentreffen mit den anderen Keimzellen herbeiführen usw., bilden die Gruppe der Sexualtriebe. Sie sind in demselben Sinne konservativ wie die anderen, indem sie frühere Zustände der lebenden Substanz wiederbringen, aber sie sind es in stärkerem Maße, indem sie sich als besonders resistent gegen äußere Einwirkungen erweisen, und dann noch in einem weiteren Sinne, da sie das Leben selbst für längere Zeiten erhalten. Sie sind die eigentlichen Lebenstriebe; dadurch, daß sie der Absicht der anderen Triebe, welche durch die Funktion zum Tode führt, entgegenwirken, deutet sich ein Gegensatz zwischen ihnen und den übrigen an, den die Neurosenlehre frühzeitig als bedeutungsvoll erkannt hat. Es ist wie ein Zauderrhythmus im Leben der Organismen; die eine Triebgruppe stürmt nach vorwärts, um das Endziel des Lebens möglichst bald zu erreichen, die andere schnellt an einer gewissen Stelle dieses Weges zurück, um ihn von einem bestimmten Punkt an nochmals zu machen und so die Dauer des Weges zu verlängern. Aber wenn auch Sexualität und Unterschied der Geschlechter zu Beginn des Lebens gewiß nicht vorhanden waren, so bleibt es doch möglich, daß die später als sexuell zu bezeichnenden Triebe von allem Anfang an in Tätigkeit getreten sind und ihre Gegenarbeit gegen das Spiel der „Ichtriebe" nicht erst zu einem späteren Zeitpunkte aufgenommen haben.

Greifen wir nun selbst ein erstes Mal zurück, um zu fragen, ob nicht alle diese Spekulationen der Begründung entbehren. Gibt es wirklich, *abgesehen von den Sexualtrieben*, keine anderen Triebe als solche, die einen früheren Zustand wiederherstellen wollen, nicht auch andere, die nach einem noch nie erreichten streben? Ich weiß in der organischen Welt kein sicheres Beispiel, das unserer vorgeschlagenen Charakteristik widerspräche. Ein allgemeiner Trieb zur Höherentwicklung in der Tier- und Pflanzenwelt läßt sich gewiß nicht feststellen, wenn auch eine solche Entwicklungsrichtung tatsächlich unbestritten bleibt. Aber einerseits ist es vielfach nur Sache unserer Einschätzung, wenn wir eine Entwicklungsstufe für höher als eine andere erklären, und anderseits zeigt uns die Wissenschaft des Lebenden, daß Höherentwicklung in einem Punkte sehr häufig durch Rückbildung in einem anderen erkauft oder wettgemacht wird. Auch gibt es Tierformen genug, deren Jugendzustände uns erkennen lassen, daß ihre Entwicklung vielmehr einen rückschreitenden Charakter genommen hat. Höherentwicklung wie Rückbildung könnten beide Folgen der zur Anpassung drängenden äußeren Kräfte sein, und die Rolle der Triebe könnte sich für beide Fälle darauf beschränken, die aufgezwungene Veränderung als innere Lustquelle festzuhalten.

Vielen von uns mag es auch schwer werden, auf den Glauben zu verzichten, daß im Menschen selbst ein Trieb zur Vervollkommnung wohnt, der ihn auf seine gegenwärtige Höhe geistiger Leistung und ethischer Sublimierung gebracht hat und von dem man erwarten darf, daß er seine Entwicklung zum Übermenschen besorgen wird. Allein ich glaube nicht an einen solchen inneren Trieb und sehe keinen Weg, diese wohltuende Illusion zu schonen. Die bisherige Entwicklung des Menschen scheint mir keiner anderen Erklärung zu bedürfen als die der Tiere, und was man an einer Minderzahl von menschlichen Individuen als rastlosen Drang zu weiterer Vervollkommnung beobachtet, läßt sich ungezwungen als Folge der Triebverdrängung verstehen, auf welche das Wertvollste an der menschlichen Kultur aufgebaut ist. Der verdrängte Trieb gibt es nie auf, nach seiner vollen Befriedigung zu streben, die in der Wiederholung eines primären Befriedigungserlebnisses bestünde; alle Ersatz-, Reaktionsbildungen und Sublimierungen sind ungenügend, um seine anhaltende Spannung aufzuheben, und aus der Differenz zwischen der gefundenen und der geforderten Befriedigungslust ergibt sich das treibende Moment, welches bei keiner der hergestellten Situationen zu verharren gestattet, sondern nach des Dichters Worten „ungebändigt immer vorwärts dringt" (Mephisto im *Faust*, I, Studierzimmer). Der Weg nach rückwärts, zur vollen Befriedigung, ist in der Regel durch die Widerstände, welche die Verdrängungen aufrechthalten, verlegt, und somit bleibt nichts anderes übrig, als in der anderen, noch freien Entwicklungsrichtung fortzuschreiten, allerdings ohne Aussicht, den Prozeß abschließen und das Ziel erreichen zu können. Die Vorgänge bei der Ausbildung einer neurotischen Phobie, die ja nichts anderes als ein Fluchtversuch vor einer Triebbefriedigung ist, geben uns das Vorbild für die Entstehung dieses anscheinenden „Vervollkommnungstriebes", den wir aber unmöglich allen menschlichen Individuen zuschreiben können. Die dynamischen Bedingungen dafür sind zwar ganz allgemein vorhanden, aber die ökonomischen

Verhältnisse scheinen das Phänomen nur in seltenen Fällen zu begünstigen.

Nur mit einem Wort sei aber auf die Wahrscheinlichkeit hingewiesen, daß das Bestreben des Eros, das Organische zu immer größeren Einheiten zusammenzufassen, einen Ersatz für den nicht anzuerkennenden „Vervollkommnungstrieb" leistet. Im Verein mit den Wirkungen der Verdrängung würde es die dem letzteren zugeschriebenen Phänomene erklären können.

Kapitel VI

Unser bisheriges Ergebnis, welches einen scharfen Gegensatz zwischen den „Ichtrieben" und den Sexualtrieben aufstellt, die ersteren zum Tode und die letzteren zur Lebensfortsetzung drängen läßt, wird uns gewiß nach vielen Richtungen selbst nicht befriedigen. Dazu kommt, daß wir eigentlich nur für die ersteren den konservativen oder besser regredierenden, einem

Wiederholungszwang entsprechenden Charakter des Triebes in Anspruch nehmen konnten. Denn nach unserer Annahme rühren die Ichtriebe von der Belebung der unbelebten Materie her und wollen die Unbelebtheit wiederherstellen. Die Sexualtriebe hingegen – es ist augenfällig, daß sie primitive Zustände des Lebewesens reproduzieren, aber ihr mit allen Mitteln angestrebtes Ziel ist die Verschmelzung zweier in bestimmter Weise differenzierter Keimzellen. Wenn diese Vereinigung nicht zustande kommt, dann stirbt die Keimzelle wie alle anderen Elemente des vielzelligen Organismus. Nur unter dieser Bedingung kann die Geschlechtsfunktion das Leben verlängern und ihm den Schein der Unsterblichkeit verleihen. Welches wichtige Ereignis im Entwicklungsgang der lebenden Substanz wird aber durch die geschlechtliche Fortpflanzung oder ihren Vorläufer, die Kopulation zweier Individuen unter den Protisten, wiederholt? Das wissen wir nicht zu sagen, und darum würden wir es als Erleichterung empfinden, wenn unser ganzer Gedankenaufbau sich als irrtümlich erkennen ließe. Der Gegensatz von

Ich(Todes-)trieben und Sexual(Lebens-)trieben würde dann entfallen, damit auch der Wiederholungszwang die ihm zugeschriebene Bedeutung einbüßen.

Kehren wir darum zu einer von uns eingeflochtenen Annahme zurück, in der Erwartung, sie werde sich exakt widerlegen lassen. Wir haben auf Grund der Voraussetzung weitere Schlüsse aufgebaut, daß alles Lebende aus inneren Ursachen sterben müsse. Wir haben diese Annahme so sorglos gemacht, weil sie uns nicht als solche erscheint. Wir sind gewohnt, so zu denken, unsere Dichter bestärken uns darin. Vielleicht haben wir uns dazu entschlossen, weil ein Trost in diesem Glauben liegt. Wenn man schon selbst sterben und vorher seine Liebsten durch den Tod verlieren soll, so will man lieber einem unerbittlichen Naturgesetz, der hehren Ἀνάγκη, erlegen sein, als einem Zufall, der sich etwa noch hätte vermeiden lassen. Aber vielleicht ist dieser Glaube an die innere Gesetzmäßigkeit des Sterbens auch nur eine der Illusionen, die wir uns geschaffen haben, „um die Schwere des Daseins zu ertragen". Ursprünglich ist er sicherlich nicht, den primitiven Völkern ist die Idee eines „natürlichen Todes" fremd; sie führen jedes Sterben unter ihnen auf den Einfluß eines Feindes oder eines bösen Geistes zurück. Versäumen wir es darum nicht, uns zur Prüfung dieses Glaubens an die biologische Wissenschaft zu wenden.

Wenn wir so tun, dürfen wir erstaunt sein, wie wenig die Biologen in der Frage des natürlichen Todes einig sind, ja, daß ihnen der Begriff des Todes überhaupt unter den Händen zerrinnt. Die Tatsache einer bestimmten durchschnittlichen Lebensdauer wenigstens bei höheren Tieren spricht natürlich für den Tod aus inneren Ursachen, aber der Umstand, daß einzelne große Tiere und riesenhafte Baumgewächse ein sehr hohes und bisher nicht abschätzbares Alter erreichen, hebt diesen Eindruck wieder auf. Nach der großartigen Konzeption von W. Fließ sind alle Lebenserscheinungen – und gewiß auch der Tod – der Organismen an die Erfüllung bestimmter Termine gebunden, in denen die Abhängigkeit zweier lebenden Substanzen, einer männlichen und einer weiblichen, vom Sonnenjahr zum Ausdruck kommt. Allein die Beobachtungen, wie leicht und bis zu welchem Ausmaß es dem Einflusse äußerer Kräfte möglich ist, die Lebensäußerungen insbesondere der Pflanzenwelt in ihrem zeitlichen Auftreten zu verändern, sie zu verfrühen oder hintanzuhalten, sträuben sich gegen die Starrheit der Fließschen Formeln und lassen zum mindesten an der Alleinherrschaft der von ihm aufgestellten Gesetze zweifeln.

Das größte Interesse knüpft sich für uns an die Behandlung, welche das Thema von der Lebensdauer und vom Tode der Organismen in den Arbeiten von A. Weismann (1882, 1884, 1892, u. a.) gefunden hat. Von diesem Forscher rührt die Unterscheidung der lebenden Substanz in eine sterbliche und unsterbliche Hälfte her; die sterbliche ist der Körper im engeren Sinne, das Soma, sie allein ist dem natürlichen Tode unterworfen, die Keimzellen aber sind *potentia* unsterblich, insofern sie imstande sind, unter gewissen günstigen Bedingungen sich zu einem neuen Individuum zu entwickeln, oder anders ausgedrückt, sich mit einem neuen Soma zu umgeben.

Was uns hieran fesselt, ist die unerwartete Analogie mit unserer eigenen, auf so verschiedenem Wege entwickelten Auffassung. Weismann, der die lebende Substanz morphologisch betrachtet, erkennt in ihr einen Bestandteil, der dem Tode verfallen ist, das Soma, den Körper abgesehen vom Geschlechts- und Vererbungsstoff, und einen unsterblichen, eben dieses Keimplasma, welches der Erhaltung der Art, der Fortpflanzung dient. Wir haben nicht den lebenden Stoff, sondern die in ihm tätigen Kräfte eingestellt und sind dazu geführt worden, zwei Arten von Trieben zu unterscheiden, jene, welche das Leben zum Tod führen wollen, die anderen, die Sexualtriebe, welche immer wieder die Erneuerung des Lebens anstreben und durchsetzen. Das klingt wie ein dynamisches Korollar zu Weismanns morphologischer Theorie.

Der Anschein einer bedeutsamen Übereinstimmung verflüchtigt sich alsbald, wenn wir Weismanns

Entscheidung über das Problem des Todes vernehmen. Denn Weismann läßt die Sonderung von sterblichem Soma und unsterblichem Keimplasma erst bei den vielzelligen Organismen gelten, bei den einzelligen Tieren sind Individuum und Fortpflanzungszelle noch ein und dasselbe. Die Einzelligen erklärt er also für potentiell unsterblich, der Tod tritt erst bei den Metazoen, den Vielzelligen, auf. Dieser Tod der höheren Lebewesen ist allerdings ein natürlicher, ein Tod aus inneren Ursachen, aber er beruht nicht auf einer Ureigenschaft der lebenden Substanz, kann nicht als eine absolute, im Wesen des Lebens begründete Notwendigkeit aufgefaßt werden. Der Tod ist vielmehr eine Zweckmäßigkeitseinrichtung, eine Erscheinung der Anpassung an die äußeren Lebensbedingungen, weil von der Sonderung der Körperzellen in Soma und Keimplasma an die unbegrenzte Lebensdauer des Individuums ein ganz unzweckmäßiger Luxus geworden wäre. Mit dem Eintritt dieser Differenzierung bei den Vielzelligen wurde der Tod möglich und zweckmäßig. Seither stirbt das Soma der höheren

Lebewesen aus inneren Gründen zu bestimmten Zeiten ab, die Protisten aber sind unsterblich geblieben. Die Fortpflanzung hingegen ist nicht erst mit dem Tode eingeführt worden, sie ist vielmehr eine Ureigenschaft der lebenden Materie wie das Wachstum, aus welchem sie hervorging, und das Leben ist von seinem Beginn auf Erden an kontinuierlich geblieben.

Es ist leicht einzusehen, daß das Zugeständnis eines natürlichen Todes für die höheren Organismen unserer Sache wenig hilft. Wenn der Tod eine späte Erwerbung der Lebewesen ist, dann kommen Todestriebe, die sich vom Beginn des Lebens auf Erden ableiten, weiter nicht in Betracht. Die Vielzelligen mögen dann immerhin aus inneren Gründen sterben, an den Mängeln ihrer Differenzierung oder an den Unvollkommenheiten ihres Stoffwechsels; es hat für die Frage, die uns beschäftigt, kein Interesse. Eine solche Auffassung und Ableitung des Todes liegt dem gewohnten Denken der Menschen auch sicherlich viel näher als die befremdende Annahme von „Todestrieben".

Die Diskussion, die sich an die Aufstellungen von Weismann angeschlossen, hat nach meinem Urteil in keiner Richtung Entscheidendes ergeben. Manche Autoren sind zum Standpunkt von Goette zurückgekehrt (1883), der in dem Tod die direkte Folge der Fortpflanzung sah. Hartmann charakterisiert den Tod nicht durch Auftreten einer „Leiche", eines abgestorbenen Anteiles der lebenden Substanz, sondern definiert ihn als den „Abschluß der individuellen Entwicklung". In diesem Sinne sind auch die Protozoen sterblich, der Tod fällt bei ihnen immer mit der Fortpflanzung zusammen, aber er wird durch diese gewissermaßen verschleiert, indem die ganze Substanz des Elterntieres direkt in die jungen Kinderindividuen übergeführt werden kann.

Das Interesse der Forschung hat sich bald darauf gerichtet, die behauptete Unsterblichkeit der lebenden Substanz an den Einzelligen experimentell zu erproben. Ein Amerikaner, Woodruff, hat ein bewimpertes Infusorium, ein „Pantoffeltierchen", das sich durch Teilung in zwei Individuen fortpflanzt, in Zucht genommen und es bis zur 3029sten Generation, wo er den Versuch abbrach, verfolgt, indem er jedesmal das eine der Teilprodukte isolierte und in frisches Wasser brachte. Dieser späte Abkömmling des ersten Pantoffeltierchens war ebenso frisch wie der Urahn, ohne alle Zeichen des Alterns oder der Degeneration; somit schien, wenn solchen Zahlen bereits Beweiskraft zukommt, die Unsterblichkeit der Protisten experimentell erweisbar.

Andere Forscher sind zu anderen Resultaten gekommen. Maupas, Calkins und andere haben im Gegensatz zu Woodruff gefunden, daß auch diese Infusorien nach einer gewissen Anzahl von Teilungen schwächer werden, an Größe abnehmen, einen Teil ihrer Organisation einbüßen und endlich sterben, wenn sie nicht gewisse auffrischende Einflüsse erfahren. Demnach stürben die Protozoen nach einer Phase des Altersverfalles ganz wie die höheren Tiere, so recht im Widerspruch zu den Behauptungen Weismanns, der den Tod als eine späte Erwerbung der lebenden Organismen anerkennt.

Aus dem Zusammenhang dieser Untersuchungen heben wir zwei Tatsachen heraus, die uns einen festen Anhalt zu bieten scheinen. Erstens: Wenn die Tierchen zu einem Zeitpunkt, da sie noch keine Altersveränderung zeigen, miteinander zu zweit verschmelzen, „kopulieren" können – worauf sie nach einiger Zeit wieder auseinandergehen –, so bleiben sie vom Alter verschont, sie sind „verjüngt" worden. Diese Kopulation ist doch wohl der Vorläufer der geschlechtlichen Fortpflanzung höherer Wesen; sie hat mit der Vermehrung noch nichts zu tun, beschränkt sich auf die Vermischung der Substanzen beider Individuen (Weismanns Amphimixis). Der auffrischende Einfluß der Kopulation kann aber auch ersetzt werden durch bestimmte Reizmittel, Veränderungen in der Zusammensetzung der Nährflüssigkeit, Temperatursteigerung oder Schütteln. Man erinnert sich an das berühmte Experiment von J. Loeb, der Seeigeleier durch gewisse chemische Reize zu Teilungsvorgängen zwang, die sonst nur nach der Befruchtung auftreten.

Zweitens: Es ist doch wahrscheinlich, daß die Infusorien durch ihren eigenen Lebensprozeß zu einem natürlichen Tod geführt werden, denn der Widerspruch zwischen den Ergebnissen von Woodruff und von anderen rührt daher, daß Woodruff jede neue Generation in frische Nährflüssigkeit brachte. Unterließ er dies, so beobachtete er dieselben Altersveränderungen der Generationen wie die anderen Forscher. Er schloß, daß die Tierchen durch die Produkte des Stoffwechsels, die sie an die umgebende Flüssigkeit abgeben, geschädigt werden, und konnte dann überzeugend nachweisen, daß nur die Produkte des *eigenen* Stoffwechsels diese zum Tod der Generation führende Wirkung haben. Denn in einer Lösung, die mit den Abfallsprodukten einer entfernter verwandten Art übersättigt war, gediehen dieselben Tierchen ausgezeichnet, die, in ihrer eigenen Nährflüssigkeit angehäuft, sicher zugrunde gingen. Das Infusor stirbt also, sich selbst überlassen, eines natürlichen Todes an der Unvollkommenheit der Beseitigung seiner eigenen Stoffwechselprodukte; aber vielleicht sterben auch alle höheren Tiere im Grunde an dem gleichen Unvermögen.

Es mag uns da der Zweifel anwandeln, ob es überhaupt zweckdienlich war, die Entscheidung der Frage nach dem natürlichen Tod im Studium der Protozoen zu suchen. Die primitive Organisation dieser Lebewesen mag uns wichtige Verhältnisse verschleiern, die auch bei ihnen statthaben, aber erst bei höheren Tieren erkannt werden können, wo sie sich einen morphologischen Ausdruck verschafft haben. Wenn wir den morphologischen Standpunkt verlassen, um den dynamischen einzunehmen, so kann es uns überhaupt gleichgültig sein, ob sich der natürliche Tod der Protozoen erweisen läßt oder nicht. Bei ihnen hat sich die später als unsterblich erkannte Substanz von der sterblichen noch in keiner Weise gesondert. Die Triebkräfte, die das Leben in den Tod überführen wollen, könnten auch in ihnen von Anfang an wirksam sein, und doch könnte ihr Effekt durch den der lebenserhaltenden Kräfte so gedeckt werden, daß ihr direkter Nachweis sehr schwierig wird. Wir haben allerdings gehört, daß die Beobachtungen der Biologen uns die Annahme solcher zum Tod führenden inneren Vorgänge auch für die Protisten gestatten. Aber selbst wenn die Protisten sich als unsterblich im Sinne von Weismann erweisen, so gilt seine Behauptung, der Tod sei eine späte Erwerbung, nur für die manifesten Äußerungen des Todes und macht keine Annahme über die zum Tode drängenden Prozesse unmöglich. Unsere Erwartung, die Biologie werde die Anerkennung der Todestriebe glatt beseitigen, hat sich nicht erfüllt. Wir können uns mit ihrer Möglichkeit weiter beschäftigen, wenn wir sonst Gründe dafür haben. Die auffällige Ähnlichkeit der Weismannschen Sonderung von Soma und Keimplasma mit unserer Scheidung der Todestriebe von den Lebenstrieben bleibt aber bestehen und erhält ihren Wert wieder.

Verweilen wir kurz bei dieser exquisit dualistischen Auffassung des Trieblebens. Nach der Theorie E. Herings von den Vorgängen in der lebenden Substanz laufen in ihr unausgesetzt zweierlei Prozesse entgegengesetzter Richtung ab, die einen aufbauend –

assimilatorisch –, die anderen abbauend-dissimilatorisch. Sollen wir es wagen, in diesen beiden Richtungen der Lebensprozesse die Betätigung unserer beiden Triebregungen, der Lebenstriebe und der Todestriebe, zu erkennen? Aber etwas anderes können wir uns nicht verhehlen: daß wir unversehens in den Hafen der Philosophie Schopenhauers eingelaufen sind, für den ja der Tod „das eigentliche Resultat" und insofern der Zweck des Lebens ist, der Sexualtrieb aber die Verkörperung des Willens zum Leben.

Versuchen wir kühn, einen Schritt weiterzugehen. Nach allgemeiner Einsicht ist die Vereinigung zahlreicher Zellen zu einem Lebensverband, die Vielzelligkeit der Organismen, ein Mittel zur Verlängerung ihrer Lebensdauer geworden. Eine Zelle hilft dazu, das Leben der anderen zu erhalten, und der Zellenstaat kann weiterleben, auch wenn einzelne Zellen absterben müssen. Wir haben bereits gehört, daß auch die Kopulation, die zeitweilige Verschmelzung zweier Einzelliger, lebenserhaltend und verjüngend auf beide wirkt. Somit könnte man den Versuch machen, die in der Psychoanalyse gewonnene Libidotheorie auf das Verhältnis der Zellen zueinander zu übertragen und sich vorzustellen, daß es die in jeder Zelle tätigen Lebens- oder Sexualtriebe sind, welche die anderen Zellen zum Objekt nehmen, deren Todestriebe, das ist die von diesen angeregten Prozesse, teilweise neutralisieren und sie so am Leben erhalten, während andere Zellen dasselbe für sie besorgen und noch andere in der Ausübung dieser libidinösen Funktion sich selbst aufopfern. Die Keimzellen selbst würden sich absolut „narzißtisch" benehmen, wie wir es in der Neurosenlehre zu bezeichnen gewohnt sind, wenn ein ganzes Individuum seine Libido im Ich behält und nichts von ihr für Objektbesetzungen verausgabt. Die Keimzellen brauchen ihre Libido, die Tätigkeit ihrer Lebenstriebe, für sich selbst als Vorrat für ihre spätere, großartig aufbauende Tätigkeit. Vielleicht darf man auch die Zellen der bösartigen Neugebilde, die den Organismus zerstören, für narzißtisch in demselben Sinne erklären. Die Pathologie ist ja bereit, ihre Keime für mitgeboren zu halten und ihnen embryonale

Eigenschaften zuzugestehen. So würde also die Libido unserer Sexualtriebe mit dem Eros der Dichter und Philosophen zusammenfallen, der alles Lebende zusammenhält.

An dieser Stelle finden wir den Anlaß, die langsame Entwicklung unserer Libidotheorie zu überschauen. Die Analyse der Übertragungsneurosen zwang uns zunächst den Gegensatz zwischen „Sexualtrieben", die auf das Objekt gerichtet sind, und anderen Trieben auf, die wir nur sehr ungenügend erkannten und vorläufig als „Ichtriebe" bezeichneten. Unter ihnen mußten Triebe, die der Selbsterhaltung des Individuums dienen, in erster Linie anerkannt werden. Was für andere Unterscheidungen da zu machen waren, konnte man nicht wissen. Keine Kenntnis wäre für die Begründung einer richtigen Psychologie so wichtig gewesen wie eine ungefähre Einsicht in die gemeinsame Natur und die etwaigen Besonderheiten der Triebe. Aber auf keinem Gebiete der Psychologie tappte man so sehr im dunkeln. Jedermann stellte so viele Triebe oder „Grundtriebe" auf, als ihm beliebte, und wirtschaftete mit ihnen, wie die alten griechischen Naturphilosophen mit ihren vier Elementen: dem Wasser, der Erde, dem Feuer und der Luft. Die Psychoanalyse, die irgendeiner Annahme über die Triebe nicht entraten konnte, hielt sich vorerst an die populäre Triebunterscheidung, für die das Wort von „Hunger und Liebe" vorbildlich ist. Es war wenigstens kein neuer Willkürakt. Damit reichte man in der Analyse der Psychoneurosen ein ganzes Stück weit aus. Der Begriff der „Sexualität" – und damit der eines Sexualtriebes – mußte freilich erweitert werden, bis er vieles einschloß, was sich nicht der Fortpflanzungsfunktion einordnete, und darüber gab es Lärm genug in der strengen, vornehmen oder bloß heuchlerischen Welt.

Der nächste Schritt erfolgte, als sich die Psychoanalyse näher an das psychologische Ich herantasten konnte, das ihr zunächst nur als verdrängende, zensurierende und zu Schutzbauten, Reaktionsbildungen befähigte Instanz bekannt geworden war. Kritische und andere weitblickende Geister hatten zwar längst gegen die Einschränkung des Libidobegriffes auf die Energie der dem Objekt zugewendeten Sexualtriebe Einspruch erhoben. Aber sie versäumten es mitzuteilen, woher ihnen die bessere Einsicht gekommen war, und verstanden nicht, etwas für die Analyse Brauchbares aus ihr abzuleiten. In bedächtigerem Fortschreiten fiel es nun der psychoanalytischen Beobachtung auf, wie regelmäßig Libido vom Objekt abgezogen und aufs Ich gerichtet wird (Introversion), und indem sie die Libidoentwicklung des Kindes in ihren frühesten Phasen studierte, kam sie zur Einsicht, daß das Ich das eigentliche und ursprüngliche Reservoir der Libido sei, die erst von da aus auf das Objekt erstreckt werde. Das Ich trat unter die Sexualobjekte und wurde gleich als das vornehmste unter ihnen erkannt. Wenn die Libido so im Ich verweilte, wurde sie narzißtisch genannt. Diese narzißtische Libido war natürlich auch die Kraftäußerung von Sexualtrieben im analytischen Sinne, die man mit den von Anfang an zugestandenen „Selbsterhaltungstrieben" identifizieren mußte. Somit war der ursprüngliche Gegensatz von Ichtrieben und Sexualtrieben unzureichend geworden. Ein Teil der

Ichtriebe war als libidinös erkannt; im Ich waren – neben anderen wahrscheinlich – auch Sexualtriebe wirksam, doch ist man berechtigt zu sagen, daß die alte Formel, die Psychoneurose beruhe auf einem Konflikt zwischen den Ichtrieben und den Sexualtrieben, nichts enthielt, was heute zu verwerfen wäre. Der Unterschied der beiden Triebarten, der ursprünglich irgendwie qualitativ gemeint war, ist jetzt nur anders, nämlich *topisch* zu bestimmen. Insbesondere die Übertragungsneurose, das eigentliche Studienobjekt der Psychoanalyse, bleibt das Ergebnis eines Konflikts zwischen dem Ich und der libidinösen Objektbesetzung.

Um so mehr müssen wir den libidinösen Charakter der Selbsterhaltungstriebe jetzt betonen, da wir den weiteren Schritt wagen, den Sexualtrieb als den alles erhaltenden Eros zu erkennen, und die narzißtische Libido des Ichs aus den Libidobeiträgen ableiten, mit denen die Somazellen aneinanderhaften. Nun aber finden wir uns plötzlich folgender Frage gegenüber: Wenn auch die Selbsterhaltungstriebe libidinöser Natur sind, dann haben wir vielleicht überhaupt keine anderen Triebe als libidinöse. Es sind wenigstens keine anderen zu sehen. Dann muß man aber doch den Kritikern recht geben, die von Anfang an geahnt haben, die Psychoanalyse erkläre *alles* aus der Sexualität, oder den Neuerern wie Jung, die, kurz entschlossen, Libido für „Triebkraft" überhaupt gebraucht haben. Ist dem nicht so?

In unserer Absicht läge dies Resultat allerdings nicht. Wir sind ja vielmehr von einer scharfen Scheidung zwischen Ichtrieben = Todestrieben und Sexualtrieben = Lebenstrieben ausgegangen. Wir waren ja bereit, auch die angeblichen Selbsterhaltungstriebe des Ichs zu den Todestrieben zu rechnen, was wir seither berichtigend zurückgezogen haben. Unsere Auffassung war von Anfang eine *dualistische*, und sie ist es heute schärfer denn zuvor, seitdem wir die Gegensätze nicht mehr Ich- und Sexualtriebe, sondern Lebens- und Todestriebe benennen. Jungs Libidotheorie ist dagegen eine *monistische*; daß er seine einzige Triebkraft Libido geheißen hat, mußte Verwirrung stiften, soll uns aber weiter nicht beeinflussen. Wir vermuten, daß im Ich noch andere als die libidinösen Selbsterhaltungstriebe tätig sind; wir sollten nur imstande sein, sie aufzuzeigen. Es ist zu bedauern, daß die Analyse des Ichs so wenig fortgeschritten ist, daß dieser Nachweis uns recht schwer wird. Die libidinösen Triebe des Ichs mögen allerdings in besonderer Weise mit den anderen, uns noch fremden Ichtrieben verknüpft sein. Noch ehe wir den Narzißmus klar erkannt hatten, bestand bereits in der Psychoanalyse die Vermutung, daß die „Ichtriebe" libidinöse Komponenten an sich gezogen haben. Aber das sind recht unsichere Möglichkeiten, denen die Gegner kaum Rechnung tragen werden. Es bleibt mißlich, daß uns die Analyse bisher immer nur in den Stand gesetzt hat, libidinöse Triebe nachzuweisen. Den Schluß, daß es andere nicht gibt, möchten wir darum doch nicht mitmachen.

Bei dem gegenwärtigen Dunkel der Trieblehre tun wir wohl nicht gut, irgendeinen Einfall, der uns Aufklärung verspricht, zurückzuweisen. Wir sind von der großen Gegensätzlichkeit von Lebens- und Todestrieben ausgegangen. Die Objektliebe selbst zeigt uns eine zweite solche Polarität, die von Liebe (Zärtlichkeit) und Haß (Aggression). Wenn es uns gelänge, diese beiden Polaritäten in Beziehung zueinander zu bringen, die eine auf die andere zurückzuführen! Wir haben von jeher eine sadistische Komponente des Sexualtriebes anerkannt; sie kann sich, wie wir wissen, selbständig machen und als Perversion das gesamte Sexualstreben der Person beherrschen. Sie tritt auch in einer der von mir so genannten „prägenitalen Organisationen" als dominierender Partialtrieb hervor. Wie soll man aber den sadistischen Trieb, der auf die Schädigung des Objekts zielt, vom lebenserhaltenden Eros ableiten können? Liegt da nicht die Annahme nahe, daß dieser Sadismus eigentlich ein Todestrieb ist, der durch den Einfluß der narzißtischen Libido vom Ich abgedrängt wurde, so daß er erst am Objekt zum Vorschein kommt? Er tritt dann in den Dienst der Sexualfunktion; im oralen Organisationsstadium der Libido fällt die Liebesbemächtigung noch mit der Vernichtung des Objekts zusammen, später trennt sich der sadistische

Trieb ab, und endlich übernimmt er auf der Stufe des Genitalprimats zum Zwecke der Fortpflanzung die Funktion, das Sexualobjekt so weit zu bewältigen, als es die Ausführung des Geschlechtsaktes erfordert. Ja, man könnte sagen, der aus dem Ich herausgedrängte Sadismus habe den libidinösen Komponenten des Sexualtriebs den Weg gezeigt; späterhin drängen diese zum Objekt nach. Wo der ursprüngliche Sadismus keine Ermäßigung und Verschmelzung erfährt, ist die bekannte Liebe-Haß-Ambivalenz des Liebeslebens hergestellt.

Wenn es erlaubt ist, eine solche Annahme zu machen, so wäre die Forderung erfüllt, ein Beispiel eines – allerdings verschobenen – Todestriebes aufzuzeigen. Nur daß diese Auffassung von jeder Anschaulichkeit weit entfernt ist und einen geradezu mystischen Eindruck macht. Wir kommen in den Verdacht, um jeden Preis eine Auskunft aus einer großen Verlegenheit gesucht zu haben. Dann dürfen wir uns darauf berufen, daß eine solche Annahme nicht neu ist, daß wir sie bereits früher einmal gemacht haben, als von einer

Verlegenheit noch keine Rede war. Klinische Beobachtungen haben uns seinerzeit zur Auffassung genötigt, daß der dem Sadismus komplementäre Partialtrieb des Masochismus als eine Rückwendung des Sadismus gegen das eigene Ich zu verstehen sei. Eine Wendung des Triebes vom Objekt zum Ich ist aber prinzipiell nichts anderes als die Wendung vom Ich zum Objekt, die hier als neu in Frage steht. Der Masochismus, die Wendung des Triebes gegen das eigene Ich, wäre dann in Wirklichkeit eine Rückkehr zu einer früheren Phase desselben, eine Regression. In einem Punkte bedürfte die damals vom Masochismus gegebene Darstellung einer Berichtigung als allzu ausschließlich; der Masochismus könnte auch, was ich dort bestreiten wollte, ein primärer sein.

Aber kehren wir zu den lebenserhaltenden Sexualtrieben zurück. Schon aus der Protistenforschung haben wir erfahren, daß die Verschmelzung zweier Individuen ohne nachfolgende Teilung, die Kopulation, auf beide Individuen, die sich dann bald voneinander lösen, stärkend und verjüngend wirkt. (S. oben,

Lipschütz.) Sie zeigen in weiteren Generationen keine Degenerationserscheinungen und scheinen befähigt, den Schädlichkeiten ihres eigenen Stoffwechsels länger zu widerstehen. Ich meine, daß diese eine Beobachtung als vorbildlich für den Effekt auch der geschlechtlichen Vereinigung genommen werden darf. Aber auf welche Weise bringt die Verschmelzung zweier wenig verschiedener Zellen eine solche Erneuerung des Lebens zustande? Der Versuch, der die Kopulation bei den Protozoen durch die Einwirkung chemischer, ja selbst mechanischer Reize ersetzt, gestattet wohl eine sichere Antwort zu geben: Es geschieht durch die Zufuhr neuer Reizgrößen. Das stimmt nun aber gut zur Annahme, daß der Lebensprozeß des Individuums aus inneren Gründen zur Abgleichung chemischer Spannungen, das heißt zum Tode führt, während die Vereinigung mit einer individuell verschiedenen lebenden Substanz diese Spannungen vergrößert, sozusagen neue *Vitaldifferenzen* einführt, die dann *abgelebt* werden müssen. Für diese Verschiedenheit muß es natürlich ein oder mehrere

Optima geben. Daß wir als die herrschende Tendenz des Seelenlebens, vielleicht des Nervenlebens überhaupt, das Streben nach Herabsetzung, Konstanterhaltung, Aufhebung der inneren Reizspannung erkannten (das *Nirwanaprinzip* nach einem Ausdruck von Barbara Low), wie es im Lustprinzip zum Ausdruck kommt, das ist ja eines unserer stärksten Motive, an die Existenz von Todestrieben zu glauben.

Als empfindliche Störung unseres Gedankenganges verspüren wir es aber noch immer, daß wir gerade für den Sexualtrieb jenen Charakter eines Wiederholungszwanges nicht nachweisen können, der uns zuerst zur Aufspürung der Todestriebe führte. Das Gebiet der embryonalen Entwicklungsvorgänge ist zwar überreich an solchen Wiederholungserscheinungen, die beiden Keimzellen der geschlechtlichen Fortpflanzung und ihre Lebensgeschichte sind selbst nur Wiederholungen der Anfange des organischen Lebens; aber das Wesentliche an den vom Sexualtrieb intendierten Vorgängen ist doch die Verschmelzung zweier Zelleiber. Erst durch diese wird bei den höheren Lebewesen die Unsterblichkeit der lebenden Substanz gesichert.

Mit anderen Worten: wir sollen Auskunft schaffen über die Entstehung der geschlechtlichen Fortpflanzung und die Herkunft der Sexualtriebe überhaupt, eine Aufgabe, vor der ein Außenstehender zurückschrecken muß und die von den Spezialforschern selbst bisher noch nicht gelöst werden konnte. In knappster Zusammendrängung sei darum aus all den widerstreitenden Angaben und Meinungen hervorgehoben, was einen Anschluß an unseren Gedankengang zuläßt.

Die eine Auffassung benimmt dem Problem der Fortpflanzung seinen geheimnisvollen Reiz, indem sie die Fortpflanzung als eine Teilerscheinung des Wachstums darstellt (Vermehrung durch Teilung, Sprossung, Knospung). Die Entstehung der Fortpflanzung durch geschlechtlich differenzierte Keimzellen könnte man sich nach nüchterner

Darwinscher Denkungsart so vorstellen, daß der Vorteil der Amphimixis, der sich dereinst bei der zufälligen Kopulation zweier Protisten ergab, in der ferneren Entwicklung festgehalten und weiter ausgenützt wurde. Das „Geschlecht" wäre also nicht sehr alt, und die außerordentlich heftigen Triebe, welche die geschlechtliche Vereinigung herbeiführen wollen, wiederholten dabei etwas, was sich zufällig einmal ereignet und seither als vorteilhaft befestigt hat.

Es ist hier wiederum wie beim Tod die Frage, ob man bei den Protisten nichts anderes gelten lassen soll, als was sie zeigen, und ob man annehmen darf, daß Kräfte und Vorgänge, die erst bei höheren Lebewesen sichtbar werden, auch bei diesen zuerst entstanden sind. Für unsere Absichten leistet die erwähnte Auffassung der Sexualität sehr wenig. Man wird gegen sie einwenden dürfen, daß sie die Existenz von Lebenstrieben, die schon im einfachsten Lebewesen wirken, voraussetzt, denn sonst wäre ja die Kopulation, die dem Lebenslauf entgegenwirkt und die Aufgabe des Ablebens erschwert, nicht festgehalten und ausgearbeitet, sondern vermieden worden. Wenn man also die Annahme von Todestrieben nicht fahrenlassen will, muß man ihnen von allem Anfang an Lebenstriebe zugesellen. Aber man muß es zugestehen, wir arbeiten da an einer Gleichung mit zwei Unbekannten. Was wir sonst in der Wissenschaft über die Entstehung der Geschlechtlichkeit finden, ist so wenig, daß man dies Problem einem Dunkel vergleichen kann, in welches auch nicht der Lichtstrahl einer Hypothese gedrungen ist. An ganz anderer Stelle begegnen wir allerdings einer solchen Hypothese, die aber von so phantastischer Art ist – gewiß eher ein Mythus als eine wissenschaftliche Erklärung –, daß ich nicht wagen würde, sie hier anzuführen, wenn sie nicht gerade die eine Bedingung erfüllen würde, nach deren Erfüllung wir streben. Sie leitet nämlich einen Trieb ab *von dem Bedürfnis nach Wiederherstellung eines früheren Zustandes.*

Ich meine natürlich die Theorie, die Plato im *Symposion* durch Aristophanes entwickeln läßt und die nicht nur die Herkunft des Geschlechtstriebes, sondern auch seiner wichtigsten Variation in bezug auf das Objekt behandelt.

„Unser Leib war nämlich zuerst gar nicht ebenso gebildet wie jetzt; er war ganz anders. Erstens gab es drei Geschlechter, nicht bloß wie jetzt männlich und weiblich, sondern noch ein drittes, das die beiden vereinigte ... das Mannweibliche ...“ Alles an diesen Menschen war aber doppelt, sie hatten also vier Hände und vier Füße, zwei Gesichter, doppelte Schamteile usw. Da ließ sich Zeus bewegen, jeden Menschen in zwei Teile zu teilen, „wie man die Quitten zum Einmachen durchschneidet ... Weil nun das ganze Wesen entzweigeschnitten war, trieb die Sehnsucht die beiden Hälften zusammen: sie umschlangen sich mit den Händen, verflochten sich ineinander *im Verlangen, zusammenzuwachsen* ...“

Die *Brihad-Āranyaka-Upanishad* ist die älteste aller Upanishaden und wird wohl von keinem urteilsfähigen Forscher später angesetzt als etwa um das Jahr 800 v. Chr. Die Frage, ob eine, wenn auch nur mittelbare

Abhängigkeit Platos von diesen indischen Gedanken möglich wäre, möchte ich im Gegensatz zur herrschenden Meinung nicht unbedingt verneinen, da eine solche Möglichkeit wohl auch für die Seelenwanderungslehre nicht geradezu in Abrede gestellt werden kann. Eine solche, zunächst durch Pythagoreer vermittelte Abhängigkeit würde dem gedanklichen Zusammentreffen kaum etwas von seiner Bedeutsamkeit nehmen, da Plato eine derartige ihm irgendwie aus orientalischer Überlieferung zugetragene Geschichte sich nicht zu eigen gemacht, geschweige denn ihr eine so bedeutsame Stellung angewiesen hätte, hätte sie ihm nicht selbst als wahrheitshältig eingeleuchtet.

In einem Aufsatz von K. Ziegler, ›Menschen- und Weltenwerden‹ (1913), der sich planmäßig mit der Erforschung des fraglichen Gedankens *vor* Plato beschäftigt, wird dieser auf babylonische Vorstellungen zurückgeführt.

.

Sollen wir, dem Wink des Dichterphilosophen folgend, die Annahme wagen, daß die lebende Substanz bei ihrer Belebung in kleine Partikel zerrissen wurde, die seither durch die Sexualtriebe ihre Wiedervereinigung anstreben? Daß diese Triebe, in denen sich die chemische Affinität der unbelebten Materie fortsetzt, durch das Reich der Protisten hindurch allmählich die Schwierigkeiten überwinden, welche eine mit lebensgefährlichen Reizen geladene Umgebung diesem Streben entgegensetzt, die sie zur Bildung einer schützenden Rindenschicht nötigt? Daß diese zersprengten Teilchen lebender Substanz so die Vielzelligkeit erreichen und endlich den Keimzellen den Trieb zur Wiedervereinigung in höchster Konzentration übertragen? Ich glaube, es ist hier die Stelle, abzubrechen.

Doch nicht, ohne einige Worte kritischer Besinnung anzuschließen. Man könnte mich fragen, ob und inwieweit ich selbst von den hier entwickelten Annahmen überzeugt bin. Meine Antwort würde lauten, daß ich weder selbst überzeugt bin noch bei anderen um Glauben für sie werbe. Richtiger: ich weiß nicht, wie weit ich an sie glaube. Es scheint mir, daß das affektive Moment der Überzeugung hier gar nicht in Betracht zu kommen braucht. Man kann sich doch einem Gedankengang hingeben, ihn verfolgen, soweit er führt, nur aus wissenschaftlicher Neugierde oder, wenn man will, als *advocatus diaboli*, der sich darum doch nicht dem Teufel selbst verschreibt. Ich verkenne nicht, daß der dritte Schritt in der Trieblehre, den ich hier unternehme, nicht dieselbe Sicherheit beanspruchen kann wie die beiden früheren, die Erweiterung des Begriffs der Sexualität und die Aufstellung des Narzißmus. Diese Neuerungen waren direkte Übersetzungen der Beobachtung in Theorie, mit nicht größeren Fehlerquellen behaftet, als in all solchen Fällen unvermeidlich ist. Die Behauptung des *regressiven* Charakters der Triebe ruht allerdings auch auf beobachtetem Material, nämlich auf den Tatsachen des Wiederholungszwanges. Allein vielleicht habe ich deren Bedeutung überschätzt. Die Durchführung dieser Idee ist jedenfalls nicht anders möglich, als daß man mehrmals nacheinander Tatsächliches mit bloß Erdachtem kombiniert und sich dabei weit von der Beobachtung entfernt. Man weiß, daß das Endergebnis um so unverläßlicher wird, je öfter man dies während des Aufbaues einer Theorie tut, aber der Grad der Unsicherheit ist nicht angebbar. Man kann dabei glücklich geraten haben oder schmählich in die Irre gegangen sein. Der sogenannten Intuition traue ich bei solchen Arbeiten wenig zu; was ich von ihr gesehen habe, schien mir eher der Erfolg einer gewissen Unparteilichkeit des Intellekts. Nur daß man leider selten unparteiisch ist, wo es sich um die letzten Dinge, die großen Probleme der Wissenschaft und des Lebens handelt. Ich glaube, ein jeder wird da von innerlich tief begründeten Vorlieben beherrscht, denen er mit seiner Spekulation unwissentlich in die Hände arbeitet. Bei so guten Gründen zum Mißtrauen bleibt wohl nichts anderes als ein kühles Wohlwollen für die Ergebnisse der eigenen Denkbemühung möglich. Ich beeile mich nur hinzuzufügen, daß solche Selbstkritik durchaus nicht zu besonderer Toleranz gegen abweichende

Meinungen verpflichtet. Man darf unerbittlich Theorien abweisen, denen schon die ersten Schritte in der Analyse der Beobachtung widersprechen, und kann dabei doch wissen, daß die Richtigkeit derer, die man vertritt, doch nur eine vorläufige ist. In der Beurteilung unserer Spekulation über die Lebens- und Todestriebe würde es uns wenig stören, daß so viel befremdende und unanschauliche Vorgänge darin vorkommen, wie ein Trieb werde von anderen herausgedrängt oder er wende sich vom Ich zum Objekt und dergleichen. Dies rührt nur daher, daß wir genötigt sind, mit den wissenschaftlichen Termini, das heißt mit der eigenen Bildersprache der Psychologie (richtig: der Tiefenpsychologie) zu arbeiten. Sonst könnten wir die entsprechenden Vorgänge überhaupt nicht beschreiben, ja, würden sie gar nicht wahrgenommen haben. Die Mängel unserer Beschreibung würden wahrscheinlich verschwinden, wenn wir anstatt der psychologischen Termini schon die physiologischen oder chemischen einsetzen könnten. Diese gehören zwar auch nur einer Bildersprache an, aber einer uns seit längerer Zeit vertrauten und vielleicht auch einfacheren.

Hingegen wollen wir uns recht klarmachen, daß die Unsicherheit unserer Spekulation zu einem hohen Grade durch die Nötigung gesteigert wurde, Anleihen bei der biologischen Wissenschaft zu machen. Die Biologie ist wahrlich ein Reich der unbegrenzten Möglichkeiten, wir haben die überraschendsten Aufklärungen von ihr zu erwarten und können nicht erraten, welche Antworten sie auf die von uns an sie gestellten Fragen einige Jahrzehnte später geben würde. Vielleicht gerade solche, durch die unser ganzer künstlicher Bau von Hypothesen umgeblasen wird. Wenn dem so ist, könnte jemand fragen, wozu unternimmt man also solche Arbeiten wie die in diesem Abschnitt niedergelegte, und warum bringt man sie doch zur Mitteilung? Nun, ich kann nicht in Abrede stellen, daß einige der Analogien, Verknüpfungen und Zusammenhänge darin mir der Beachtung würdig erschienen sind.

Kapitel VII

Wenn es wirklich ein so allgemeiner Charakter der Triebe ist, daß sie einen früheren Zustand wiederherstellen wollen, so dürfen wir uns nicht darüber verwundern, daß im Seelenleben so viele Vorgänge sich unabhängig vom Lustprinzip vollziehen. Dieser Charakter würde sich jedem Partialtrieb mitteilen und sich in seinem Falle auf die Wiedererreichung einer bestimmten Station des Entwicklungsweges beziehen. Aber all dies, worüber das Lustprinzip noch keine Macht bekommen hat, brauchte darum noch nicht im Gegensatz zu ihm zu stehen, und die Aufgabe ist noch ungelöst, das Verhältnis der triebhaften Wiederholungsvorgänge zur Herrschaft des Lustprinzips zu bestimmen.

Wir haben es als eine der frühesten und wichtigsten Funktionen des seelischen Apparates erkannt, die anlangenden Triebregungen zu „binden", den in ihnen herrschenden Primärvorgang durch den Sekundärvorgang zu ersetzen, ihre frei bewegliche Besetzungsenergie in vorwiegend ruhende (tonische) Besetzung umzuwandeln. Während dieser Umsetzung kann auf die Entwicklung von Unlust nicht Rücksicht genommen werden, allein das Lustprinzip wird dadurch nicht aufgehoben. Die Umsetzung geschieht vielmehr im Dienste des Lustprinzips; die Bindung ist ein vorbereitender Akt, der die Herrschaft des Lustprinzips einleitet und sichert.

Trennen wir Funktion und Tendenz schärfer voneinander, als wir es bisher getan haben. Das Lustprinzip ist dann eine Tendenz, welche im Dienste einer Funktion steht, der es zufällt, den seelischen Apparat überhaupt erregungslos zu machen oder den Betrag der Erregung in ihm konstant oder möglichst niedrig zu erhalten. Wir können uns noch für keine dieser Fassungen sicher entscheiden, aber wir merken, daß die so bestimmte Funktion Anteil hätte an dem allgemeinsten Streben alles Lebenden, zur Ruhe der anorganischen Welt zurückzukehren. Wir haben alle erfahren, daß die größte uns erreichbare Lust, die des Sexualaktes, mit dem momentanen Erlöschen einer hochgesteigerten Erregung verbunden ist. Die Bindung der Triebregung wäre aber eine vorbereitende Funktion, welche die Erregung für ihre endgültige Erledigung in der Abfuhrlust zurichten soll.

Aus demselben Zusammenhang erhebt sich die Frage, ob die Lust- und Unlustempfindungen von den gebundenen wie von den ungebundenen Erregungsvorgängen in gleicher Weise erzeugt werden können. Da erscheint es denn ganz unzweifelhaft, daß die ungebundenen, die Primärvorgänge, weit intensivere Empfindungen nach beiden Richtungen ergeben als die gebundenen, die des Sekundärvorganges. Die Primärvorgänge sind auch die zeitlich früheren, zu Anfang des Seelenlebens gibt es keine anderen, und wir können schließen, wenn das Lustprinzip nicht schon bei ihnen in Wirksamkeit wäre, könnte es sich überhaupt für die späteren nicht herstellen. Wir kommen so zu dem im Grunde nicht einfachen Ergebnis, daß das Luststreben zu Anfang des seelischen Lebens sich weit intensiver äußert als späterhin, aber nicht so uneingeschränkt; es muß sich häufige Durchbrüche gefallen lassen. In reiferen Zeiten ist die Herrschaft des Lustprinzips sehr viel mehr gesichert, aber dieses selbst ist der Bändigung sowenig entgangen wie die anderen Triebe überhaupt. Jedenfalls muß das, was am Erregungsvorgange die Empfindungen von Lust und Unlust entstehen läßt, beim Sekundärvorgang ebenso vorhanden sein wie beim Primärvorgang.

Hier wäre die Stelle, mit weiteren Studien einzusetzen. Unser Bewußtsein vermittelt uns von innen her nicht nur die Empfindungen von Lust und Unlust, sondern auch von einer eigentümlichen Spannung, die selbst wieder eine lustvolle oder unlustvolle sein kann. Sind es nun die gebundenen und die ungebundenen Energievorgänge, die wir mittels dieser Empfindungen voneinander unterscheiden sollen, oder ist die Spannungsempfindung auf die absolute Größe, eventuell das Niveau der Besetzung zu beziehen, während die Lust-Unlustreihe auf die Änderung der

Besetzungsgröße in der Zeiteinheit hindeutet? Es muß uns auch auffallen, daß die Lebenstriebe soviel mehr mit unserer inneren Wahrnehmung zu tun haben, da sie als Störenfriede auftreten, unausgesetzt Spannungen mit sich bringen, deren Erledigung als Lust empfunden wird, während die Todestriebe ihre Arbeit unauffällig zu leisten scheinen. Das Lustprinzip scheint geradezu im Dienste der Todestriebe zu stehen; es wacht allerdings auch über die Reize von außen, die von beiderlei Triebarten als Gefahren eingeschätzt werden, aber ganz besonders über die Reizsteigerungen von innen her, die eine Erschwerung der Lebensaufgabe erzielen. Hieran knüpfen sich ungezählte andere Fragen, deren Beantwortung jetzt nicht möglich ist. Man muß geduldig sein und auf weitere Mittel und Anlässe zur Forschung warten. Auch bereit bleiben, einen Weg wieder zu verlassen, den man eine Weile verfolgt hat, wenn er zu nichts Gutem zu führen scheint. Nur solche Gläubige, die von der Wissenschaft einen Ersatz für den aufgegebenen Katechismus fordern, werden dem Forscher die Fortbildung oder selbst die Umbildung seiner Ansichten verübeln. Im übrigen mag uns ein Dichter (Rückert in den *Makamen des Hariri*) über die langsamen Fortschritte unserer wissenschaftlichen Erkenntnis trösten:

„Was man nicht erfliegen kann, muß man erhinken.

· · · · · · · · · · · · · · · ·

Die Schrift sagt, es ist keine Sünde zu hinken."

CPSIA information can be obtained
at www.ICGtesting.com
Printed in the USA
LVHW060751251022
731487LV00010B/744

9 783966 378031